「……呃，反正呢，從實質上來說，
我並不是妳們所認識的那位溫柔的
二等技官大人。」
「嗯，我們聽說了。
你是要我們把你當作第一次見面的人來看待吧？
這我們當然明白。」
「好！初次見面，很高興認識你！」
「不是啦，妳們一定是搞錯了什麼，
或者根本是故意曲解我的意思吧？」
「才沒有那回事。我們可是很乖巧聽話的孩
就像你五年前誇我們的一樣。」
「……為什麼三言兩語
就能輕易推翻前面說過的話啊……」
「別在意那種小細節啦！」
「這能算是小細節嗎……」
「……妳不加入
她們嗎？」
「艾瑟雅學姊才是呢，
不過去嗎？」

「光是看著他的背影，
我的心中就有太多感慨，
再多恐怕就要破裂了。」
「……我……」
「是不是因為他體內還有某某人的存在，
讓妳沒辦法敞開胸懷呀？」
「我才沒有……」
「嗯？」
「才沒有在介意那個呢……」

末日時在做什麼？能不能再見一面？

8

枯野 瑛
Akira Kareno

illustration ue

Kadokawa Fantastic Novels

末日時在做什麼？能不能再見一面？

contents

characters

葛力克・葛雷克拉可

綠鬼族（Bogre）打撈者。
隸屬第二師團的三等機甲技官。

穆罕默達利・布隆頓

單眼鬼（Cyclops）。科里拿第爾契市綜合施療院的醫師兼研究員。負責調整夢見「徵兆」的黃金妖精。

納克斯・賽爾卓

鷹翼族（Falcon）。隸屬護翼軍第五師團。
費奧多爾之友。

灰岩皮（Limeskin）

爬蟲族（Reptrace）。護翼軍一等機甲武官。

歐黛・岡達卡／歐黛・傑斯曼

艾爾畢斯國出身的墮鬼族。費奧多爾的姊姊。

瑪格莉特・麥迪西斯／「代號F」

戴著奉謝祭面具遮住真面目的嬌小少女。
暱稱為瑪格。歐黛稱呼其為「莉妲」。

愛洛瓦・亞菲・穆爾斯姆奧雷亞（黃金蜜酒）

黃金妖精。約莫三十年前殞命的成體妖精兵。

納莎妮亞・維爾・帕捷姆

黃金妖精。約莫三十年前殞命的成體妖精兵。

史旺・坎德爾

大賢者。曾以咒蹟師（Thaumaturgist）身分
與星神戰鬥過的成員之一。

威廉・克梅修

曾以準勇者（Quasi brave）身分與星神戰鬥過的成員之一。
史旺稱其為「黑瑪瑙劍鬼（Black Agate Swordmaster）」。

奈芙蓮・盧可・印薩尼亞

前黃金妖精。
體內寄宿著〈獸〉的碎片，成為不死的存在。

費奧多爾・傑斯曼

艾爾畢斯國出身的墮鬼族（Imp）。
護翼軍的前四等武官。喜歡甜甜圈。

緹亞忒・席巴・伊格納雷歐

黃金妖精（Leprechaun）。成體妖精兵。
隸屬護翼軍第五師團的上等相當兵。

菈琪旭・尼克思・瑟尼歐里斯

黃金妖精。成體妖精兵。從人格崩壞狀態奇蹟生還，與費奧多爾一同行動。

潘麗寶・諾可・卡黛娜

黃金妖精。成體妖精兵。
隸屬護翼軍第五師團的上等相當兵。

可蓉・琳・布爾加特里歐

黃金妖精。成體妖精兵。
隸屬護翼軍第五師團的上等相當兵。

娜芙德・卡羅・奧拉席翁

黃金妖精。成體妖精兵。
現為隸屬護翼軍第二師團的上等相當兵。

菈恩托露可・伊茲莉・希斯特里亞

黃金妖精。前妖精兵。
自幾年前起跟著大賢者學習。

艾瑟雅・麥傑・瓦爾卡里斯

黃金妖精。資深妖精兵。相當二等武官。

阿爾蜜塔

黃金妖精。尚未接受成體化調整處置。

優蒂亞

黃金妖精。尚未接受成體化調整處置。

莉艾兒

年幼的黃金妖精。住在妖精倉庫。

妮戈蘭・亞斯托德士

食人鬼（Troll）。奧爾蘭多貿易商會派來
擔任六十八號島妖精倉庫的管理員。

Do you have what THE END?
May I meet you once again?

「煙雨朦朧之夜，承前」

-unmasked deadman-

好幾個月前，一個被嚴密封印起來的木箱運進了第五師團零號機密倉庫，內容物為至高機密。執行此項指令的人是艾瑟雅・麥傑・瓦爾卡里斯二等相當武官。

根據士兵們之間流傳的說法，那個被稱為「大賢者的遺產」。

該木箱標籤上的原名被塗掉，再以潦草的筆跡寫上「死亡的黑瑪瑙（Black Agate）」。

費奧多爾・傑斯曼——當時為四等武官——在決定背叛護翼軍之後，隨即確認了這個木箱的內容物。換句話說，他看到了裝在裡面的遺體。

當下，他那雙本應達成嚴格條件才能運作的墮鬼族（Imp）瞳力竟然發動了。

也許是因為不久前才近乎失控地發動過瞳力，因此狀態不太穩定；又或許是因為寄宿著心靈的遺體是墮鬼族發揮瞳力的理想目標。儘管想得到許多原因，但總而言之，在瞳力的作用下，費奧多爾的心靈與存在遺體中的精神不完全地混雜了在一起。

從此以後，費奧多爾・傑斯曼本人體內就這樣承載著另外兩人的心靈，繼續進行他的反叛之戰——一個是他想要呵護的少女的心靈碎片；另一個是笑嘻嘻地旁觀著，自稱是

〈獸〉的心靈碎片。

他與那兩人一同前進、一同奮戰，然後一同陣亡，並且贏得巨大的勝利。

另一方面。

關於被遺留在零號機密倉庫的木箱內容物。

那個被稱為「大賢者的遺產」、「死亡的黑瑪瑙」的無徵種青年遺體。

身為不死者的屍體已是一種矛盾的存在，然而又注入了身為生者的費奧多爾的少許碎片。這究竟會帶來什麼樣的後果——

†

在雨夜降臨的城市中。

少女與無徵種男子各據一方對峙著。

「你究竟是誰？」少女如此問道。

接著，她舉出兩個名字。

「威廉・克梅修……」

男子複述其中一個名字。

那是曾經前往護翼軍特殊兵器倉庫擔任管理員的男人名字。他以父親的身分照顧過（雖然不知道和世上一般父親的作法是否一樣）那些既是生命，又不是生命的兵器們。

而那些兵器也相當仰慕他（儘管大多數並不是將他視為父親來仰慕，不過這應該不是什麼大問題）。

「費奧多爾・傑斯曼……」

男子複述第二個名字。

那是不久前還是護翼軍四等武官的少年名字。他的優異能力受到賞識，被委任管理四名有特殊隱情的上等相當兵——這倒不是什麼問題，不過那四人把他耍得團團轉，甚至還冒出兩個養女緊緊纏著他不放。

他是真誠且認真的優等生，但同時也是愛說謊又缺德的背叛者。他選擇走上備受憎恨的道路，只有少數人對他抱有好感。

男子緩緩地搖了搖頭。

他的右眼依然緊閉著——這麼說來，在戰鬥中也始終都是如此——僅以左眼直勾勾地看向少女。

「……很遺憾，兩個都不是。」

「別開玩笑了！」

少女像是要劈開雨水似的猛然揮動右臂，只見水沫飛散開來。

「你以為隨口胡謅就能騙過我嗎！」

「我哪有騙妳，那兩個不都是死人的名字嗎？」

男子帶點戲劇性的口吻輕浮地回道，然後聳了聳肩。

「我可是聽說那兩人都在隨心所欲地大鬧一番之後離開了舞臺啊。」

「說得好像跟你無關一樣！」

「**就是跟我無關啊**。」

什……麼？

少女微微蹙眉，無法理解這句話的真正含意。而男子繼續說道：

「作為一個最基本的原則，所謂的死人，就是已經不存在這世上。如果無論如何都想與對方見面，那就只能在心靈或回憶這種精神層面上尋找了。啊，不過有很多詐欺師利用這種事騙人，妳要多加小心喔。」

男子顧左右而言他的說法，彷彿是要澈底裝糊塗一般。

少女心頭的異樣感不斷滋生。

從這名男子的言行舉止中，確實可以感受到威廉和費奧多爾的存在，他們之間絕不可能毫無關聯。

然而，如同男子自己聲稱的，如果這並非他的全部……

（——唉，真是的。簡直莫名其妙。）

少女閉上眼眸稍作思忖。

傾注而下的雨水無情地打在她的身上。

（這麼說來，我現在該做的並不是理解眼前的情況。）

她睜開眼眸。

然後緩緩地撿起掉在腳邊的木劍。

她的全力猛攻才剛被對方當兒戲一般打退而已，不僅沒能讓他認真應戰，也估量不出他的實力高低。

儘管如此，她還是再次舉起劍。

「再挑戰幾次結果都一樣，妳應該很清楚吧？」

「或許你說得沒錯，但我總不能連殺手鐧都還沒使出就放棄啊。」

少女揚起從容無懼的笑容，將木劍高舉過頂。

「喝呀——！」

隨著沒什麼氣勢的叫聲，她縱身躍起。

一言以蔽之，那架勢一看就是外行人。首先，她的速度並沒有多快卻還是把武器高舉過頂，這無異於全然捨棄全身的防禦。而最為致命的則是重心的平衡，也許是在雨天溼漉漉的石板路上打滑，她的身體無可避免地往一邊傾斜。

根本沒必要迎擊，男子只要稍作閃躲，少女自己就會因為著地失敗而身受重傷。

只見男子——不知為何仍緊閉著右眼——在理解與失望之下瞇起左眼。

我已經看穿了。男子以眼神如此示意。

少女——妖精兵潘麗寶．諾可．卡黛娜的殺手鐧。所謂一旦施展出來必能討伐對手的祕招中的祕招，只能對無比寬厚仁慈的對手使用；換言之，必須確定自己面對的是無比寬厚仁慈的對手，否則就不能使出這種自爆技。施展這招的大前提，理應是自己陷入險境後，對手扔掉武器將自己接住。因此，這是賭上性命以求僥倖的劍技。

這招好歹還是成功過，具有實際的成果。但正如同世上的多數祕招一樣，只適用於沒見過這招的對手。

男子身體一動。

他舉起木劍橫揮出去，輕輕觸碰到少女的肩頭，稍一用力就將她本來完全失衡的姿勢調整回來。她的重心恢復，勢頭消退，力勁化為虛無。即使她的攻擊最終沒有打中，也不至於摔倒在地。

男子以眼神示意：怎麼樣？這下沒轍了吧？乖乖死心回宿舍洗個熱水澡再睡覺，免得感冒了啊。

因此在這個瞬間，潘麗寶也以眼神回應：

——多謝關心。

潘麗寶伸出戴著長手套的手臂，蜻蜓點水般掠過男子的肩膀。這一剎那，她的手腳猶如蛇一般，凶猛地扭動蛇頭疾馳而去，抓住男子呼吸與知覺的破綻，纏住了他的四肢。這是可蓉前幾天剛發明出來的新招，一旦中招，靠體格和臂力是無法脫身的。只要是用骨頭、肌肉和關節支撐身體的生物，就會因為身體構造而無計可施。

「如……何？」

這一瞬間的交錯，就耗盡了潘麗寶剩餘的體力和專注力。伴隨著急促的喘息，她竭力擠出這句話，為自己的勝利感到得意。

「簡直亂來一通。」

男子低聲說道。這句話與其說是驚愕，更接近欽佩。

她剛才那招攻擊的重點不在於速度，而是預判。她一開始就認定男子會用劍調正她的平衡，便以此為前提展開行動。而且她還猜到他會看穿她的招數，並且在看穿後用接住以外的方式來幫助自己。她的猛攻就是出自於這個大前提。

因此，她不抱一絲猶豫，比男人的反應還要快一步地施展了下一招。

「亂來又怎樣，反正我贏了。」

她說得很肯定。

之所以如此，是因為當下的氣勢很重要。

「暫且不管你的身分，你現在必須聽我講事情——這是贏家的權利。」

「……哈哈。」

男子連嘴唇都沒動，僅出聲輕輕笑了笑。

「妳沒說反吧？」

「你已經用那把劍告訴我了。但因為我還是無法理解，所以就算用言語說明也是講不明白的。」

「從各方面都能感受到溝通的極限啊。」

男子隨口嘀咕一句，然後輕輕扭轉身體——下一瞬間，潘麗寶四肢所感覺到的觸感就消失了。當她反應過來的時候，男子已成功脫身，正一臉懶倦地站定在她旁邊。

照理說，這明明是無法憑體格和臂力掙脫的招式。

「你……」

「——放心，我不會逃掉的。既然妳有話要說，那我聽聽也無妨。」

他的嗓音幾乎沒有抑揚頓挫，卻可以聽出一絲關心。

「那真是……太感謝你了。」

至於潘麗寶則耗盡全身力氣，膝蓋顫抖著跪在石板路上，借助男子伸出的手才勉強站了起來。她認為自己還是有盡力維持住自信的笑容。

有話要說。

儘管是自己提出的，她卻拿不定主意。她重新思考了一下，腦海中浮現出無數想傳達的事、想詢問的事，以及想讓他知道的事。

「不過，還是先換個地方比較好吧？再待下去妳會感冒的。」

「這……也對，嗯，有道理。」

「我可不是要逃喔。」

「喔，沒事，我並沒有懷疑你的意思……」

怎麼辦？要去哪裡？該從何說起？

潘麗寶的視線游移不定，這種迷惘對她而言很陌生。

「不好意思。」

一道嗓音從旁邊穿插進來。

「很抱歉在這個興頭上打擾兩位，不過我該怎麼辦呢？」

出聲的是一名疲憊不堪的狐徵族中年男子。

「你還在啊？叫貝爾托什麼的。」

「喔，抱歉，完全忘記你的存在了。」

兩人異口同聲地回答後，他不知為何難過地垂頭喪氣了起來。

「餘留的日子，以及餘留的人們」

-singing in the rain-

1. 奈芙蓮

所謂的結界，意即隔絕兩個世界的障壁。

簡單來說，這是內部與外部為不同世界的證明。

這裡提到的「不同世界」可以有諸多不同的解釋——比如說城堡內外居民的身分差異；抑或是門的另一側是禁止帶入垢穢的聖域；又或者是在復仇行為合法化的城市中作為例外的避難區(Asylum)。

至於懸浮大陸群這個巨大的結界，則是名副其實的內外兩個世界。水資源之類的循環、天候的調整、無視岩石理應不會飛在空中的物理法則，附加上述種種規則的箱庭世界即為懸浮大陸群結界的真面目，而且對於住在內部的居民來說，這就是世界的全部。

具體而言，懸浮大陸群是如何維持運作的呢？

她曾經如此詢問過。

應該是從掌心劈里啪啦地發射不可思議的神祕力量吧？還是藉由鍛鍊起來的雙臂持續支撐著某種事物？等等，在無數文件上不斷蓋章這種模式也是可能存在的。

「——哎呀，無論哪個都錯得離譜呢。」

從前支撐懸浮大陸群的開創期長達百年之久的當事人——大賢者史旺．坎德爾帶著苦笑這麼答道。

「維持結界所必要的是『持續套用規則』，只要某種彰顯世界應該有何樣貌的事物一直存在著就行了。說得具體一點，就是設置一個模型為祖型(Prototype)，或是術師持續幻想結界應有的形態吧。老夫這百年來做的事情當然是屬於後者。」

「幻想？」

「就是不另行設置祖型，而是在心靈內外選定適當的形態，持續觀測便可以延續其存在。若只是要維持結界，這樣就夠了。」

「唔？」

她聽得似懂非懂。

「換言之，就是所謂的範本啦。像是水該怎麼流、四季該如何變遷。以懸浮大陸群的現狀來說，這座二號懸浮島就相當於祖型。」

她環視周遭。

二號懸浮島是星神等人的居住地，懸浮大陸群的絕大多數居民都未曾涉足此地，是一個連是否真實存在都令人懷疑的聖域中的聖域。

這個地方的各方面都超出規格。許多植物和昆蟲鳥獸都被塞進二號懸浮島這個狹小的世界中，種類繁雜到只能當作季節和植被都不具意義。這顯然不是自然產生的景象，想當然也不是能夠自然維持的環境。

「所以說，懸浮大陸群以其存在方式為範本，一直處於『模仿二號懸浮島』的狀態。不過，詳細的道理老夫也尚未弄清。」

「你不是大賢者嗎？」

「所謂的賢者，是知其應知之事，而非無所不知。」

說到這裡，他不知為何神色不快地搖了搖頭。

「若要在不依靠這座島的情況下維持懸浮大陸群，便必須有人代為承擔其作用。水該怎麼流、四季該如何變遷、世界該保持何種樣貌、該遵循什麼樣的法則，只要『謹記』這一切，便能長久地擔任結界的主人。這與妳體驗過的〈嘆月的最初之獸(Chantre)〉的結界原理相同。」

「唔、唔……」

「無妨，不需要硬逼自己理解。」

大賢者那張嚴肅的面容開懷一笑，輕鬆地直言：

「二號懸浮島如今已成核心，那些不過是久遠的往事了。聽老人家吹噓自己付出多少苦勞也不是什麼有趣的事情吧？」

後來，奈芙蓮——曾經擁有奈芙蓮．盧可．印薩尼亞之名的少女——對那次的談話感到極度後悔。

自己當時為何沒有繼續深究下去？

以及，自己當時為何沒有讚揚大賢者堅持了百年的偉業？

†

自己恐怕撐不了多久了。

奈芙蓮現在有這樣的自覺。

她站在道路中央。

左右是兩排高度不均的低矮建築物，某種看似模糊人影的東西急匆匆地來往於路上。一般獸人諸族的城市看不到這種建築物和人群的身影。嘈雜的空洞聲響輕輕掠過耳際。

她站在黑暗之中。

儘管沒有光，卻能隱約感受到周圍的情況。泥土味強烈到幾乎令喉嚨緊縮，還有某種東西在黑暗中蠕動。耳邊傳來摩擦某物的窸窸窣窣聲，似乎有一種很重的東西在旁邊滾來滾去。

場景一轉，她置身於光芒之中。

森林裡，不，應該說森林的上面才對。無論看上下還是左右，映入眼簾的都是無數樹葉的綠意，以及陽光灑落葉隙的虹彩。腳下是一根看起來很結實的樹枝，這大概是從相當巨大的樹木上望見的景色吧。

景色又是一變，水花占滿整片視野——

（…………）

無數光景在奈芙蓮的周圍展開。

無數光景從奈芙蓮的周圍遠去。

這樣的過程毫不間斷地持續著，永無停息。

（…………）

即使伸出手，也觸及不到任何事物。

即使對影子說話，也得不到回應。

奈芙蓮確實注視著世界，然而世界並沒有注視著奈芙蓮。

這一切應該都是懸浮大陸群某處的景色。

之所以有許多情景都很陌生，純粹是因為她以往所見不過是懸浮大陸群的冰山一角。

那些城市風貌主要由獸人族打造而成，是以人類從前建立起來的文化為基礎。儘管是懸浮大陸群的常見景致，但並非全部。土壤及水中亦存在著生命，有其生態活動。

奈芙蓮現在是作為這一切的觀測者存在於此，並只能作為這一切的觀測者存在於此。

這便是讓懸浮大陸群維持運作的方法。

感覺就像是被迫沒完沒了地觀看映像晶石中的故事。

只要身為觀測者的奈芙蓮待在這裡，故事中的世界就能延續下去；反之，一旦奈芙蓮停止觀測，整個世界立刻就會隨著所有故事一起停止延續其存在。

而奈芙蓮本人不能進入映像中的世界。

她必須獨自在沒有其他客人的映像晶館中觀看永無止境的映像，也就是這個隨時都會消亡的垂危世界。看得愈久，就愈是讓她清楚意識到自己是孤身一人的事實。

（……有點累了啊。）

現在的自己形同虛無。

然而，若是真的化為虛無，這個世界也會跟著消失。

既不能闔眼，也不能睡覺。

必須就這樣待下去——無比淒涼。

（…………）

她並沒有感到疼痛，也沒有被吸走體內的任何東西。她所要做的事情，只是待在這裡持續關注而已。

她的肉體現今應當處於沉睡之中。大概是被安置在五號懸浮島的一隅吧。事實上，這與失去意識不太一樣，她只不過是把所有意識都用在觀測懸浮大陸群上，沒有餘力注意自己的身體罷了。

從實際面來看，她的肉體與精神是分開的。只因為是不死的存在，所以並沒有死亡，實質上無異於屍體。儘管解釋起來實在很複雜，但就是這麼一回事。

（愛爾梅莉亞……當時也是這樣的心情嗎……）

她想起過去在虛構世界遇到的少女，同時微微一笑。

據奈芙蓮所知，那名少女也曾擔任結界的核心長達數百年之久。當然，箇中原由和情況都不同，無法與自己相提並論，不過她認為痛苦的方向性應該很相似。

因為她自身逐漸剝落凋零。

能見到的、能聽到的、能回想的、能想像的，這一切都一點一滴地慢慢淡化。

就這樣讓時間流逝下去，她最後大概會失去所有構成自我的事物。到那時候，如果有一樣事物是能夠守到最後一刻的話，那一定是對當事人來說無可取代的唯一約定吧。

約定。

她倒是也有一個想遵守的約定。

那個約定——在她獨自承擔這個職責的如今，已經顯得有些久遠。

「我要加油啊。」

她重新打起精神，畢竟她也只能這麼做。

如此一來，懸浮大陸群今天依然能浮在天空中。

守住許多人們的今天，就能迎接明天的來臨。

明天會與今天非常相似，卻又是稍有不同的一天。對於努力經營今天的人而言，明天理應會比今天更精采一點。

像這樣重複下去，有朝一日定能……

——所以，再稍微加把勁吧。她這麼想著。

儘管如此，自己可能也撐不了太久。

心情慢慢沉澱下來。

逐漸歸於靜止。

終期迫近，所剩的時間已不到兩年。

少女對這一切心知肚明，這是她不得不意識到的問題。

2. 終結世界，抑或傷害世界

〈第十四獸〉(Vincula)在科里拿第爾契市引發的騷亂平息了。

吞噬三十九號懸浮島的〈第十一獸〉(Croyance)的威脅解除了。

兩場戰役都已結束。

如果是古老故事，到這裡差不多就能可喜可賀地收場了；然而現實當然不會如此圓滿地落下帷幕。

在理應收場的故事背後，人生仍舊要走下去。

——即使剩下的時日已然不多。

†

「——如果想憑藉血肉之軀維持結界，自我耗損是無可避免的，所以嚴禁長期展開結界。好比說，你們護翼軍在對抗〈第六獸（Timere）〉時所使用的抑制陣，不也是派出多名術師以層積的形式分散負擔嗎？」

「這照理說是機密情資吧？」

「就連大賢者大人過去也是謹慎作好減輕負擔的準備才挺身挑戰，更何況他本來就不是血肉之軀。但即便如此，能夠撐上百年也是一番超乎常識的偉業了。」

「這照理說是不為人知的傳說吧？」

「黑燭公後來創建的『二號懸浮島』是取代術師角色的祖型，人造四季、人造生態系和人造氣候等，都囊括其中。相傳是重新定義懸浮大陸群的整體結界永遠『與二號懸浮島的存在形式維持同調』，藉此構成箱庭世界的機能。這部分的詳細原理，似乎連大賢者大人都沒能研究透徹。」

「這照理說是屬於禁忌神話那一類的吧……」

護翼軍基地的簡易作戰室。

隔桌對坐的兩名女子深深嘆了口氣。

「我好像知道了很多不該知道的東西。」

髮色如同乾草般金黃的女子——艾瑟雅．麥傑．瓦爾卡里斯喃喃說道。

她攏緊眉頭，指尖用力按著太陽穴。

「而且，核對過這麼多情資之後也只能確認現況而已。無論是奈芙蓮正支撐著如今的懸浮大陸群，還是時間所剩不多這件事，這些都是已知情資。妳的回答還是有很多不足之處喔。」

「就算這樣，我們本來就該事先交流對現況的認知。要是疏忽掉這一點，就沒辦法找到有意義的解決策略了吧？」

這番話說得很中肯。

艾瑟雅「唔」了一聲，陷入沉默。

至於歐黛．岡達卡——彷彿是由「可疑」這個詞彙化形而來的女子，以淡然的語氣繼續下文。

墮鬼族在世人眼中，就是一支說謊如呼吸、散播不和與騷亂的種族。雖然這是有點言過其實的強烈偏見，但絕對不是毫無根據的說法。

「當然，從結論說起就很簡單了。只要讓一半的懸浮大陸群墜落就能解決問題。不過，你們不可能接受這種突如其來的建議吧？」

歐黛的口吻像是在捉弄人，內容也不太正經；但她的表情完全不見一絲從容。

「我體內有一小塊奈芙蓮的心靈碎片，可以透過碎片感覺到她的心隨時都會沉寂下來，這就類似於我們說的心跳變弱。時間真的所剩不多了。」

「呃，即使忽略很多該吐槽的部分……」

肩膀戴著一等武官徽章的被甲族（Armado）一臉為難地撓著頭加入談話。

「妳的意思是要減少懸浮大陸群的數量，進而降低奈芙蓮的負擔嗎？這麼做不符成本效益吧？」

「哎呀。」

歐黛的臉色稍微緩和了些。這大概是因為他把「讓一半的懸浮大陸群墜落」的暴行稱為「成本」。

換作具備正常倫理觀的人，這時候應該會怒斥：「這種想法太要不得了。」但在這種情況下，所謂的倫理觀是派不上用場的。在無法用道理、倫理及常識解決問題的時候，那些觀念只會構成阻礙，艾瑟雅是如此理解的。

有必要的話，她也會澈底拋開私情立下決斷。她早就作好被自認通情達理的人們抨擊

自己冷酷無情的覺悟。

正如同眼前這個女人——歐黛恐怕在多年前就已經對自己發下了這樣的誓言。

「當然，我並不是這個意思。情況還要更複雜、危險且絕望一些。或許你們還沒辦法打從心底盡信，但確實有另一個無法忽視的威脅近在身邊。」

說完，歐黛移動視線，看向白色的牆壁。

在那道牆的另一側，那個方向的天空，三十九號懸浮島即將進逼而來。

「破殼的雛鳥，從灰燼中誕生的鳳凰，其存在及成長本身就意味著這個世界的末日。你們在思考懸浮大陸群未來的同時，也必須思考如何打倒那些威脅——」

接下來，歐黛開始娓娓訴說。

能夠拯救這個窮途末路的世界的唯一計策。

†

以訊問為名的情資共享暫告一段落。

歐黛再次被關進牢房。

「有兩頭，不對，有兩種〈終將來臨的最後之獸(Heritier)〉——是嗎？」

回到作戰室一隅。

一等武官舉杯慢慢啜飲溫熱的紅茶，喃喃自語似的問道。

「妳怎麼看？」

「難以相信、不想相信，但又不得不信。真是的，實在很傷腦筋啊……」

艾瑟雅像個孩子似的一頭磕在作戰桌上哀嘆著。

「光是今天一整天就澈底體會到墮鬼族有多惡質了啊。真誠的詐欺師比單純的騙人精要難對付得多。」

「所以，妳目前是打算相信她並採取行動。」

「嗯……可以這麼說吧……」

她抬起頭，視線在天花板游移著。

「儘管稱不上說謊，但我知道她還藏著手牌。不過，我並沒感覺到她有惡意或包藏禍心就是了……」

她再次一頭磕在桌上。

「因為她看起來無害，暫且被騙一下也無妨嗎？」

「我是不是太天真了？」

「不，我基本上同意妳的看法。雖然不想樂觀以對，但也沒閒工夫正面質疑她了。」

被甲族用粗厚的手指俐落地點了菸。

「再說，這種情況下她才是舉步維艱的那個吧？一個總愛隱藏在幕後的墮鬼族竟然跑到檯面上來，甚至還想掌握局勢的主導權，這未免太不適合她了。」

「就是說啊……」

歐黛和護翼軍目前並非敵對狀態。

以現在來看，歐黛這號人物還有很多利用價值。正因為她自己也深刻理解這一點，才會選擇這條自投羅網的道路。護翼軍利用她來達成目的，她也利用護翼軍來達成目的。

所以——單就目的而言，就這樣按照歐黛的提議執行到底才是上上策。

二號懸浮島具有非常重大的意義。

籠罩著這座島的結界直接與籠罩著懸浮大陸群的結界維持同調。倘若二號懸浮島墜落，整個懸浮大陸群很快也會跟著墜落。因此大陸群的冒險家們甚至視其為夢幻之島，嚴密地保護這座島。

眼下最棘手之處正是這一點。

既然卑劣的〈獸〉盤踞整座二號懸浮島，那就必須想辦法攻進去摧毀掉它。然而，那座懸浮島守備堅固，除了神以外，其他人連登島都很困難。

——這道謎題的解法很簡單，只要把問題倒過來讀即可。

籠罩著二號懸浮島的結界直接與籠罩著懸浮大陸群的結界維持同調。

將這個前提倒過來看，就會變成下面這樣——

對懸浮大陸群的結界造成巨大損傷，籠罩著二號懸浮島的結界也會受到巨大傷害。

殺戮。

焚燒。

摧毀。

擊墜。

藉由樂園的居民之手，蹂躪逃離地表者所建起的小小樂園。

毀掉將近一半的大地與生命之後，應該就能入侵二號懸浮島。而且這個方法用不著破壞二號懸浮島本身。儘管會造成巨大損傷，但理應能避免失去整個懸浮大陸群的結果。

在歐黛的分析中便是這麼一回事。而就艾瑟雅等人手上的情資來看，她的分析沒有任何不妥之處。

——哪座島要墜落，哪座島要留下；由誰來選擇，誰要弄髒自己的手。

——了解到這一步，接下來只有作出選擇了。

這確實是能夠擊潰二號懸浮島〈最後之獸〉的方法。

這確實是能夠拯救世界的方法。

這確實是能夠掌握懸浮大陸群未來的方法。

在這種情況下，只能不擇手段。

思考對策時，非得徹底割捨善惡、倫理及感情不可。從常人的角度來看，即使是受限於這些因素而無法實際推動的主意，也必須列入等價的可能性之中，真正做到朝著目標直線前進的態度。

因此，歐黛一路都是這麼過來的。反覆殺戮、焚燒、摧毀、擊墜，就這樣奔走至今。

而她現在要求護翼軍今後也要採取同樣的行動。

「如果——」

「嗯？」

「如果時間夠充裕……應該還能找到其他辦法吧？」

沒錯。只要時間再充裕一點，或許就能以止攻法破壞二號懸浮島的結界。

「話是這麼說，但事實就是剩不到兩年。討論這種不切實際的事情也只會變成發牢騷而已。」

他說得對。

而令人笑不出來的是，這種局面下連發牢騷的時間都不能浪費。

「還要顧及從零號倉庫逃走的某個既滑稽又可怕的傢伙，總覺得麻煩事就是可以堆得比山高啊。」

「呃，我覺得這個狀況比較特殊……」

她將窗戶打開一條小縫。

被隔音玻璃阻擋在外的喧囂猛地撲面而來。

「——慶功宴好像辦得滿熱鬧的。」

二號懸浮島的問題並未透露給一般士兵。因此，他們只知道現在是長期抗爭落幕的慶賀時刻。

「畢竟對護翼軍來說，如此簡單直接的勝利可是很難得的啊。大家的情緒會高漲起來也在情理之中。」

為了守護而存在的軍隊，其勝利基本上都是「遏止損失」。換句話說，無論取得再大的勝利，必定會附帶某種損失。雖然或多或少有例外，但通常都無法打從心底感到高興。

不用說，此次戰役同樣伴隨許多損失。然而，這次是扭轉未來所獲得的勝利，因為本來注定會失去更多事物。許多人難免會感到亢奮，而譴責這一點的人——至少目前表面上來看——並不存在。

某種東西的爆炸聲隨風傳來。

「剛才那是？」

「空包彈吧。有申請過會射個幾發。」

「……半夜大吵大鬧，城裡的居民會來投訴吧。」

「用不著擔心。就吵鬧而言，城裡比這裡更勝一籌。」

他說得也對。

這座護翼軍基地距離萊耶爾市有點遠，而且萊耶爾市正處於騷亂之中。約莫半年前，萊耶爾市被宣告即將與〈第十一獸〉接觸，當然沒什麼人想留在這座死期將至的城市。從那一天起，這座城市的居民與活力日漸流失，走上比預告的時間更快滅亡的下坡路。直到前幾天，這股潮流還一直在加速，完全沒有停歇的跡象。

但那又如何？就當下這一刻來說，萊耶爾市就像是近空首屈一指的熱鬧不夜城。

當然，城市機能本身仍舊衰弱，雷氣線到處都斷線，街貌中的銅板也在生鏽，還有將近一半的蒸氣管起不了作用。

縱使這座城市無異於廢墟，仍有大批人潮蜂擁而來。有曾住在這裡的人、沒住過但有些淵源的人、聽說這裡也有英雄而趕來的人，以及預估城市即將復興而來做生意的人。

那些人近來不分晝夜地大肆喧鬧。

雖然再過一陣子大概就會平靜下來，但那也是以後的事。飛空艇日夜不停地進出載客，彷彿要榨乾半毀損的港灣區塊的剩餘價值一般。慶典的參加者現在也還在不斷增加。

「妳要加入嗎？聽說設備科今天澈底開放酒窖了。」

「不……算了吧，我沒那個心情。」

他們的確打完了一場戰役，從這片天空剷除了一個威脅；但這並不代表一切都已經結束，世界所剩的時間此刻仍在減少當中。

只要知道這一點，就令人無法打從心底高興起來。

「而且，我好像一喝酒就會變得很愛撒嬌。以我現在的立場而言，露出那種模樣很不妥當。」

「哦？」

被甲族饒富興味地點了點頭，手指在辦公桌側面弄來弄去。隨著「喀答」一聲，隱藏的櫃子開啟，裡面有一個琥珀色的小酒瓶。

「……你怎麼在這裡藏這種東西？」

「哎呀，妳想想，我們師團不是有很多紀律嚴謹的人嗎？我為了能在工作時小酌一杯，這才必須費不少心力和工夫藏東西嘛。」

他變魔術似的不知從哪裡取出兩個玻璃杯。

「同為不能和大家一起歡鬧的可憐人，妳就陪大叔我喝一杯吧。」

「……真拿你沒辦法耶。」

她苦笑著轉動輪椅過去。

窗外再次響起「哇啊啊！」的巨大歡呼聲。

就距離來說，應該算不上多遠。

但不知為何，那聲音聽起來彷彿遠在天邊。

3. 妮戈蘭

直到不久前，懸浮大陸群最喜氣洋洋的都市應屬科里拿第爾契市吧。在英雄的奮戰之下，那座城市免於〈獸〉以及**魔王**的威脅。儘管距今已經過了一小段時間，那種興奮仍未完全散去，整個城市依然熱鬧不已。

不過，要說它是否一直穩坐「最喜氣洋洋的都市」寶座，這就不太好評斷了。因為有一匹非常強的黑馬誕生了。

那同樣是曾經受到〈獸〉威脅，注定滅亡的城市。

被再次浮上檯面的英雄們推翻既定命運的城市。

「嗚啦勾叭哈——！」

一道咆哮聲響起。

意義不明的一句話。

大概是某個種族或某個聚落的特有語言吧。大陸群公用語固然方便，但也有不少種族因為上顎構造不好發音，又或者是單純不喜歡而保留特有語言。喝醉時迸出一、兩句家鄉話也是在所難免的事。

不對，也許那句話根本就不帶任何含意。搞不好只是胸中的興奮之情直接從喉嚨迸發出去，因而形成的一段不明聲音罷了。

「邦啦哈————！」

「布嚕咚斗————！」

聽著那些叫嚷聲，讓人覺得後者才是正解。

瞥一眼過去，發出那種咆哮的都是渾身壯碩肌肉的獸人。他們全打著赤膊，從毛皮較薄的位置可以發現肌膚泛紅，每個人都快活地喝得醉醺醺的。

獸人們勾肩搭背，「哇哈哈哈哈哈哈哈」地放聲大笑。

街道上到處都是這樣的人群，正舉起酒杯、酒瓶和酒桶暢飲著。

現在已經是深夜。儘管雨勢不大，卻還是下著雨，但沒有人放在心上。

「……真是的。」

一名女子眉頭微蹙，與那些人群拉開距離。

「明明聽說是幽靈城市，實際景象也差太多了。」

「這有什麼不好？我可是滿喜歡這種氣氛的。」

另一名女子開心地露齒一笑。

一個木製大酒杯飛過眼前，劃出一道優美的拋物線。裝在裡面的少許蒸餾酒和雨滴一起潑灑四散，接著酒杯砸在一個喝得正暢快的獸人後腦杓上。那個獸人怒吼了一聲：「臭傢伙，膽子不小嘛。」語氣卻帶著一絲愉快。

那些人開始打群架。

「嗯……不過，比起整個城市都死氣沉沉的，還是有活力比較好吧。」

各種東西在眼前左右交錯飛來飛去，木椅也在飛。獸人身材魁梧，能夠靠臂力舉起大部分東西來扔。大酒杯和酒瓶自不必說，連木椅和銅板桌也能扔。眾人都「哇哈哈哈哈哈哈！」地笑著。

「但我不擅長應付醉漢啊。」

發著牢騷，女子——妮戈蘭往斜上方伸出左手。一瞬過後，她就這樣用單手接住了飛過來的貓頭中年男人。

「而且什麼都可以拿來扔。」

「這個我懂。」

另一名女子——娜芙德．卡羅．奧拉席翁咯咯笑著。

「噢，真抱歉啊，小姑娘們，嘿！」

貓頭人翻了個身俐落地著地，然後回頭看了看她們的模樣。

「哦？」

「咦？」

「哦哦，真是絕妙的變裝呀。」

「……咦？」

妮戈蘭沒聽懂他的意思。

在旁邊默不作聲的娜芙德卻噗哧一笑，她似乎知道對方在說什麼。

「我聽說本尊像松鼠一樣嬌小，這一點倒是遺憾了。哎呀，實在太遺憾了。」

中年男人愉快地笑著，回去摻和那個不知該說是打群架還是酒宴的場面。

「…………什麼變裝？」

妮戈蘭向娜芙德尋求說明。

「不就是妳被當作是在假扮無徵種嗎？」

聽到她這麼問，娜芙德聳了聳肩。

「他以為是種族特徵不明顯的女性特地把銳角和獠牙藏起來了。」

「為什麼?」

「因為無徵種普遍沒什麼力氣啊。一個壯漢飛過來的話,通常會被壓扁。」

妮戈蘭明白這個道理。雖然像她這樣的食人鬼(Troll)**稍微有點**力氣,但這算是例外。無特徵的種族幾乎都和外表相近的遠古人族(Emnetwit)一樣,(相較於獸人)不太具有力氣。

當然,她早就知道世間是如此認為的。

「我不是那個意思。他為什麼會覺得我是特地假扮的,而且還笑得那麼開心?正常來說不會往那邊想吧?」

「這還需要問?」

娜芙德笑著用力拍了拍妮戈蘭的背部。她下手的力道毫不留情,拍得相當狠。

「因為現在這裡很流行假扮成英雄大人啊。」

妮戈蘭細細思考,推敲這番話的含意。

英雄大人,指的是緹亞忒她們。假扮,指的是模仿她們的模樣。這是想在外貌上學習她們,或是想表達親暱之情等,各種表露正面情感的形式。

……………啊。

哦，原來如此。是這麼一回事啊。

她慢慢地想通了。

這裡應該還有其他假扮無徵種的人，但他們的銳角、獠牙和毛皮沒有那麼容易藏起來。大部分看起來都有點失敗，甚至是一眼就能識破變裝。

因此，不管怎麼看都是無徵種（畢竟事實上就是無徵種，當然找不到破綻）的妮戈蘭才會獲得「絕妙」這個評價。

此外，從這個結論還能知道一件事。

「這樣啊。」

原來緹亞忒她們在這裡是這樣的立場與待遇。她們開闢了原本閉鎖的未來，以英雄的身分受到人們仰慕與崇拜。

當然，這種情況並不是天真地感到高興就好。

那些人傾注感情的對象，終究只是英雄這個頭銜。他們想為自己獲救的事實以及湧發的喜悅賦予一個具體象徵，所以把正好合適的對象當作目標。他們並不是認可、肯定那些亂蹦亂跳靜不下來、可愛又感覺很美味的少女們；也沒有關注過那些一邊困惑、受傷、哭喊的同時，狼狽地奮戰至今的孩子們。

不過——

「妳在笑喔。」

「唔。」

經娜芙德笑嘻嘻地提醒，妮戈蘭揉了揉臉頰，但沒什麼效果。不管怎樣做，嘴角就是會忍不住上揚。

「在見到她們之前，先恢復平常的表情吧。妳那種笑法和在餐桌上舔嘴唇的時候太像了，很可怕耶。」

「什麼啦。」

表情肌不聽使喚，她費了一番工夫才噘起嘴。

「反正都是開心得不得了的意思，又沒關係。」

「妳就是總把這類事情和食慾連結在一起才會嚇到人啊，真是的。」

娜芙德也許是在離開妖精倉庫後，與各個種族的不同人們來往之下學到不少事情，最近時不時會說出這種壞心眼的話。

她隱隱約約聯想到對食人鬼很冷淡的某人。

「先不說已經見怪不怪的潘麗寶和可蓉，這裡不是還有新的小傢伙嗎?第一次見面就嚇到人家會很麻煩吧？」

唔。她說得完全沒錯。在抵達護翼軍基地之前，必須想辦法讓表情放鬆下來才行——

「怎麼了？」

娜芙德停住腳步望著後方。

「沒事。」

那邊的天空看不到任何東西……但妮戈蘭知道那裡有什麼。應該說，在這座城市歡鬧的人們全都十分清楚。

引發議論的三十九號懸浮島就飄浮在隨時都會發生衝撞的距離上，只是位置有點低，所以沒入三十八號懸浮島的陰影之中。

不用說，即便沒有了〈獸〉的威脅，兩個巨大岩塊碰觸也有一定的危險。

根據市內公告，從明天早晨起，岩壁之間會發生些許摩擦，而且接下來的半天左右，這座島可能會出現大大小小的搖晃。這個接近狀態將在黃昏前結束，三十九號島會再次遠離三十八號島。

只不過，懸浮島搖晃並沒有多稀奇。幾乎不會有城市因為一些搖晃而出事——有的話很正常——居民也是如此。如果不是這樣，他們就不會光為了狂歡作樂而聚集在這個顯然

即將發生搖晃的城市。

——無論如何，那就是三十九號懸浮島所在的方位。

「總覺得有不妙的預感啊。」

娜芙德臉色凝重地喃喃說道。

「妳發現什麼了嗎？」

「沒有，真的只是莫名有這種感覺罷了。」

「……該不會是之前討伐的〈獸〉還殘留著之類的？」

「再怎麼說都不可能吧？嗯，絕對不可能。」

娜芙德撓了撓頭，同時繼續說道：

「可能是我有點太神經質了。抱歉，在妳開心的時候潑冷水。」

「呃……嗯……」

妮戈蘭只好點點頭。

「好啦，走吧，撒嬌鬼們還等著呢。」

娜芙德拍了拍她的後背，於是她轉身向前。

「嘖……都怪菈恩說了奇怪的話，下次一定要跟她抱怨一下。」

她聽到娜芙德低聲嘟囔了這麼一句，但決定當作沒聽到。

她們在路上的攤販買了烙著英雄大人容貌（想像圖）的鬆餅來吃。

明明是想像圖，卻意外地將特徵掌握得很好。尤其是頭髮的蓬鬆感，說來確實很有緹亞式的風格。她們向攤販老闆稱讚了一番，老闆則高興地哼了幾聲。

順道一提，味道倒是差強人意。

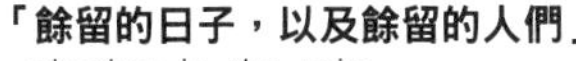

4. 齊聚於慶典

有一派主張應減少布料。

勇猛之人的優美身段，無論是什麼種族、怎樣的肢體，都是尊貴不凡的。在雲霧的彼端若隱若現，才是最強英豪展現給戰士的樣貌。他們提倡的衣服看起來和內衣及泳裝沒兩樣，布片上綴著薄絹輕紗，感覺不太實用。

另一派則主張穿著應當莊重。

正因為是蘊藏武勇之人，僅憑與生俱來的肉體並沒有辦法充分展現出其本質。如果是體格瘦弱的種族，那便應該用服裝來補足，具體來說就是大鎧。將全身包覆起來的大鎧，光是安置在椅子上就有如彪形大漢一般。將整體染成深緋色，再綴以淡青色裝飾，頭頂繫著宛如曙光般熠熠生輝的金黃纓穗，這樣的重裝備要稱為服裝都令人存疑。尤其是英雄大人要穿的話，能讓全身直接從胸鎧套進去的尺寸差是最大考量。

兩派爭鋒相對，眼看就要爆發大決戰；就在此時，一道「既沒有耳朵也沒有尾巴的小丫頭有什麼好看的啊？」的嘀咕聲在死寂的戰場上聽起來格外響亮。以此為契機，兩派的異己分子接二連三地大爆發。不要遮遮掩掩的要露就大方露啊應該在頭上戴雙角才對而且要很大的那種我覺得小孩子就要穿適合小孩子的衣服乳房的數量不夠啦如果這個數量就夠完美的話那根本不用裝飾啊笨蛋你們想讓打磨好的寶石就這樣埋在地底嗎——

星星真美啊。緹亞忒這麼想著。

夜幕完全降臨。

如同預報，傍晚左右的傾盆大雨已經停止。烏雲幾乎消散，星空鮮明清晰，彷彿要墜落下來似的。

在她的背後，男人們展開了大混戰。看他們樂在其中的模樣，她也不忍潑冷水；但一想到事情的開端是「身為慶功宴主角的妖精兵怎麼可以和周遭其他人一樣穿簡易軍服」，心情就有一點……不，是相當微妙。

（我不太想穿很羞恥的服裝啊……太丟臉了……）

緹亞忒·席巴·伊格納雷歐——現役妖精兵，同時也是遺跡兵器（Dagr Weapon）伊格納雷歐的適任者，最近還悄悄多了一個頭銜。她前陣子拯救十一號懸浮島科里拿第爾契市，在市內掀起一片歡騰，成為了人們熱烈討論的英雄大人。

這次三十八號懸浮島的戰役中，她也出了一分力，因此她在這裡又一次陪大家為了讚頌英雄大人而瞎鬧起哄。

「讓妳見笑了，這些人全是笨蛋。」

鄰座的兔徵族(Haresanthropos)中年女性——涅綺・畢奇二等武官用有點生硬的大陸群公用語說道。

「不會，該怎麼說好呢，我很高興看到大家都這麼有活力，真是太好了。」

緹亞忒連忙答道，最後小聲補充一句：「但我可不想換衣服啊。」

這裡的男性士兵有一大半都是獸人，即便是異性，大概也不會用情色的眼光看待緹亞忒等妖精兵。不過一碼歸一碼，穿太露的衣服就是很羞恥，而且她當然也不想穿自己駕馭不住的鎧甲。

「對了，怎麼只有緹亞忒上等相當兵一人？其他孩子呢？」

「喔——莉艾兒在房間睡覺，可蓉在那邊。」

她沒有回頭，就這樣越過肩膀指向背後。

大混戰的正中央傳來少女「哇哈哈哈哈哈哈！」開懷大笑的聲音。

「艾瑟雅學姊好像有公事要忙，至於潘麗寶……我就不曉得了，可能又在哪個地方神出鬼沒了吧。」

「妳們都是怪丫頭呢。」

或許是喝醉了，涅綺．畢奇一臉開心地連連點頭，長長的耳朵輕巧地前後搖動。

聽到自己也被列為怪丫頭之一，緹亞忒心裡有點不服。雖然和家人算在一起很令人高興，但這是兩碼子的事。她認為自己一直以來的表現都很正常，因此心情複雜了起來。

一名特大號醉漢慢吞吞地脫離了背後的戰場。「二等武官很狡猾耶，想獨占今天的主角嗎？」他一邊用渾厚低沉的嗓音這麼說，一邊張開雙臂走過來。沒等緹亞忒轉身，那位二等武官就迅速使出一招背拳，直擊醉漢的鼻梁，整個龐大身軀都被打翻過去。

「真是的，先生十個孩子再來吧。」

她撂下的這句話，對於不是多產型的種族而言（男性當然就更不用說了）相當蠻橫不講理。

（……生孩子嗎？）

緹亞忒拿著杯子啜飲果汁，稍微思考了一下這句話。妖精沒有生產的概念，就算和形形色色的種族一起生活，具備大家都有的各種常識，妖精終究「不是生物」。

要說那又如何，確實也沒什麼特別的。只不過一想到自己與周遭人的相異之處，她會感到有一點點寂寞罷了。

†

原以為激烈的纏鬥會持續到天荒地老，但戰況後來慢慢有所轉變。

參加者的集體大肆鬥毆結束了，勝出的幾名人員將展開決賽。已淘汰的士兵們圍成一個圓圈充當武鬥場，被選上的四名戰士雙臂交抱，對彼此露出挑釁的笑容。

有一人還「哇哈哈哈哈哈！」地爽朗大笑著。

「……為什麼妳一臉理所當然地站在裡面啊，可蓉。」

一個怯懦的女聲正在宣讀不知怎麼訂定出來的決賽規則。依照內容，比賽以淘汰制進行一對一對決，採三戰兩勝，不可使用武器。由於所有參加者都是二足步行，所以站到最後的人即獲勝等。

「……竟然連銀詰草小姐都被拖下水了。」

銀詰草基本上就是個禁不起逼迫的人，要是一臉凶神惡煞的人跟她說：「唸一下這個。」想必她也沒辦法推辭到底。不難想像情況就是如此。

「之後一定要查出犯人，然後跟艾瑟雅學姊打小報告……」

腦袋有些昏昏脹脹的。

緹亞忒一邊發牢騷，一邊趴在桌子上。

「喂，怎麼喝得醉醺醺的啊，妳這個不良少女。」

一記拳頭輕輕打在她頭上。

「我哪有喝，只是酒味太重有點被熏到而已——」

她噘著嘴抬起頭，就看到一張非常熟悉的臉孔。

「妮戈蘭！呃，咦？妳怎麼在這裡！」

「我問了門口的士兵，他說妳們在這裡。城裡已經夠吵鬧的了，沒想到這裡也不惶多讓啊。」

「我不是問這個啦。妳之前曾說過最近會過來一趟，但怎麼今天就來了？」

「就著急了一點嘛。我很擔心妳們，也想早點見到傳說中的莉艾兒。」

「哇噗！」

妮戈蘭緊緊抱住緹亞忒，揉亂她蓬鬆的頭髮。

「我聽說了喔，妳在最關鍵的時刻趕來救援了？」

「啊，嗯。當時好不容易才勉勉強強，真的是勉勉強強才趕上。非常感謝全力催動咒燃爐飛行的艦長他們……」

莫烏爾涅也很聽話，其實最害怕的就是這一點因為相信沒問題就沒有測試過直接臨場發揮對心臟很不好但結果確實沒問題——她辯解似的補充道。

話說回來，妮戈蘭本身就很顯眼，再加上她狀似親暱地與英雄緹亞忒聊了起來，旁人自然不會坐視不管。當充滿興趣的視線集中到她身上後，一名代表走過來詢問她的來頭。

「扶養者！這可不得了，這些小姑娘一直以來都承蒙您照顧了。」

「不不不，教出來的都是野丫頭，實在不敢當。她們在這裡有給人添什麼麻煩嗎？」

「沒沒沒，她們全都是好孩子。」

——這個對話是怎樣？

她心不在焉地聽著涅綺．畢奇二等武官和妮戈蘭在她腦袋上方對話。這感覺不知該說是羞恥還是坐立難安，無法耐著性子聽下去。

為了求救，她看向別處。

戰鬥朝奇怪的方向進展到白熱化的階段。塔爾馬利特上等兵和可蓉倖存就算了，不知為何有一張剛才還不在的面孔出現在武鬥場的正中央大肆亂鬧。

那是娜芙德．凱俄．狄斯佩拉提歐……不對，是娜芙德．卡羅．奧拉席翁。

她穿著旅裝，外套都還沒脫。這表示她是和妮戈蘭一起來到這座懸浮島的，而且大概一進基地找她們，隨即想都沒想就跳進了戰局中。

「哈哈，不錯嘛、不錯嘛～你們這些傢伙！」

大老遠就聽得出她現在心情好得很。

緹亞忒打算當作沒看見。

「對了，緹亞忒。」

「嗯？」

大人的寒暄時間不知何時結束了。妮戈蘭趁機坐到她旁邊的椅子上，拿起大概是裝著酒的玻璃杯探頭看她的臉。

「阿爾蜜塔她們已經順利作完處置了。」

妖精是模仿人類小孩的幽靈，所以一旦成長到不能稱為小孩的年紀就會消亡。不過，只要在那個時間點進行成體化處置，就可以延長她們的壽命。

緹亞忒想要讓學妹們接受那個處置。這才是她們在這個地方奮戰——甚至願意犧牲性命的原因。

「真的？」

「至少瑪夏和優蒂亞作完了。她們兩人接受了和妳們過去一樣的處置，之後只要飯後服藥一段時間就好了。」

「這樣啊。」

和過去一樣的處置，以及短期用藥。

這些字眼讓這番話聽起來既無情又簡單，但這就是她們奮戰的根本原因與結果。

「只有阿爾蜜塔另當別論。聽說是因為症狀已經出現太久了，必須反覆進行多次特殊處置才行。但妳不用擔心。在一切穩定下來前，她都會在專門的新設施接受完善的照顧。穆罕默達利學長——穆罕默達利醫生會親自照料。」

「是喔，嗯，這樣啊。」

緹亞忒不停點頭。

「那真是太好了，這一路的努力都得到回報了呢。」

這一瞬間，妮戈蘭稍微沉下臉色。

「所以妳們的戰鬥到此結束了……沒錯吧？」

她確認道。

「嗯，就我所知是這樣。」

緹亞忒點點頭。

「〈第六獸〉不再發起進攻，這裡的〈第十一獸〉也被潘麗寶解決了。科里拿第爾契市的事情也……澈底了結了。」

「那麼，等善後完畢就能回去了吧？」

「……呃……」

她想，應該是這樣沒錯。

然而——她又覺得大概不會這麼順利。

她聽到了菈恩學姊和費奧多爾在科里拿第爾契市的對話。也看到了艾瑟雅學姊現在總帶著看似逞強的笑容繼續工作。這背後應該還藏著她不知道的重大內情。

「我也不是很確定，不過話說回來……」

她知道這件事很重要，但依然強行改變話題。

「菈恩學姊呢？她沒有一起來嗎？」

「那孩子工作還沒做完，不能一起來。她說會搭明天的飛空艇過來，妳很快就能見到她的。」

妮戈蘭也許看穿了她的意圖，仍順著話題答道。

「這樣啊……嗯，我明白了……」

「妳找她有事嗎？」

當然有。

如果戰役還沒結束，如果她們還有事情要做，菈恩托露可肯定知道詳情。

不知為何，她覺得這件事不好對妮戈蘭啟齒。

「呃，就是莉艾兒啊，我想讓妳們見見那個孩子。她的名字是菈恩學姊取的吧？」

她一邊覺得自己講得有點急，一邊這麼答道。

本來也想讓妳們見見烏爾托（蘋果）的，但來不及——這句話她差點脫口而出，最後勉強吞了回去。

「這樣啊。」

妮戈蘭恐怕又一次看穿她有所隱瞞，不過依然順著她轉換的話題說下去。

「莉艾兒的個性怎麼樣？」

「怎麼樣……」緹亞忒稍微想了一下。「那孩子精力旺盛，一沒盯著就不知道會跑到哪裡去。她動不動就想爬到書櫃上，最近還熱衷於躲在狹窄的地方。再來就是，她最喜歡毛茸茸的東西了，一看到狼人士兵就會立刻抱上去。」

「簡單來說，她和妳們小時候一模一樣吧？」

「咦……我覺得自己以前沒這麼放肆啊……」

「大家都是說這種話長大的吧？」

「不過她最近總是在睡覺，我有點擔心就是了。啊，對了、對了，我就是想跟妳討論這方面的事——」

背後的戰場又變得更加沸騰。

她忍不住回頭確認，似乎在經過一番激戰後，由半路殺出來的娜芙德奪得優勝。感覺已經豁出去的銀詰草一臉暢快地高高舉起勝者娜芙德的手臂。

反正這些傢伙連腦袋都裝滿肌肉，只要打完一架，之後就會剩下原有（變得有些狼藉）的宴席了。無論打贏打輸，大家都還是會拍著彼此的肩膀談笑對酌。

當初是因為什麼事情而引起爭端的，八成沒人記得了。

（話說回來，應該是主角的潘麗寶不在這裡……）

不知道潘麗寶跑到哪裡做什麼去了。緹亞忒這麼想著。

她本身根本沒什麼參與到這次的作戰，只有在最後關頭跳出來幫助主角脫離絕境而已。這次戰勝〈獸〉的功績和坐在這個顯眼座位的義務，本應屬於潘麗寶。

（要說這是常有的事，倒也確實如此就是了……）

按潘麗寶的個性，大概又閒晃到某個別人意想不到的地方，碰巧發現某個看起來很強的人，然後硬是要跟人比劍吧。

一如既往的本性發揮，非常像她會做的事情。

「——真和平啊……」

緹亞忒漫不經心地脫口說出直白的感想。

「對啊，真的就像妳說的。」

妮戈蘭看起來很高興，用滿懷情感的語調附和著。

5. 翌日早晨

天亮了。

艾瑟雅·麥傑·瓦爾卡里斯抬起頭，睡眼惺忪地看向窗外。陽光從窗簾的另一端照射進來，可以聽到小鳥的啼叫聲。

遠方那響徹一夜的狂歡鬧劇已經澈底平息。

「……真不好受啊。」

她伸手把桌邊的咖啡杯拉過來。

將冷掉的咖啡一飲而盡，她重新看向手邊信箋亂寫的紙條。

護翼軍第五師團目前能做什麼？若與其他師團協議合作能持續多久，又能做到什麼程度？此外，接下來該做的事情要如何細分下去——分成能夠實際達成的作戰對策？

如果不參與歐黛的計畫，他們能夠對抗現狀到什麼地步？

要思考的事情太多了，再加上睡眠不足和太過專注，導致頭痛不已。

總之先去洗把臉好了。

思及此，她抓住輪椅的車輪，這時候敲門聲響起。

「誰？」

「打擾了。」

士兵戰戰兢兢地探出頭來說：「您有訪客。」

「……喔，差點忘了妮戈蘭她們要來呢。」

「不是的，訪客並非您的親屬，而是其他貴賓。剛才總團長下令，請瓦爾卡里斯二等相當武官一同出席。」

「唔嗯？」

其他貴賓？這就奇怪了。

特地要求她出席，表示訪客與〈獸〉有關聯，而且是有一定分量的人物。但想當然耳，她之前沒聽說過會有這樣的貴客來訪。

「一大早就把一個少女叫去出席，真是夠大牌的。從哪兒來的人啊？」

「是帝國軍的修弗切羽將軍。」

「哎，確實是很大牌呢……」

她輕輕甩了甩頭。

睡意稍微減輕了一些。

「……帝國？」

這個詞彙太出人意料，她花了一段時間才明白過來。

懸浮大陸群的帝國，指的就是貴翼帝國。

這個貴族制國家以堅韌的鎖鍊將六號至九號的懸浮島連接起來納為領土。這裡以擁有翅膀的人民為尊，翅膀的色調愈美，地位就愈崇高；以這樣的道理作為大前提，自然造成了強烈的種族歧視。

貴翼帝國在懸浮大陸群也是首屈一指的好戰國家。他們主張沒有翅膀的賤民不配主宰領地。回顧歷史，他們有多次進攻附近懸浮島而遭到護翼軍壓制的紀錄。現在的護翼軍第一師團可以說是為了牽制貴翼帝國而存在的。據說前陣子科里拿第爾契市發生騷亂時，雙方在背後也是大小衝突不斷。

因此，帝國與護翼軍基本上並不友好。

†

護翼軍也有不少種族體型較大的士兵，所以基地設計得相對寬敞，以免他們感到憋屈。不僅天花板高，窗戶也很大，體型較小的種族甚至還會抱怨門把太高。

儘管如此，對於這位客人而言，似乎縱橫都顯得有點狹窄。他在賓客專用的大椅上微微弓起背。

「歐黛·岡達卡應該暫住在這裡。」

這位客人有鴞的臉、身體和翅膀，不如說他幾乎整個人就是一隻鴞，身材相當壯碩。

他看起來沒有隱瞞自身立場的打算，穿著一身以深緋色為基調的軍服。那件軍服與護翼軍的軍服不同，上面裝飾著好幾條穗帶，外觀相當華麗。

只消一眼就能明白此人是貴翼帝國的國軍。

穗帶的顏色與數量所代表的位階很高，在護翼軍應該相當於一等武官。

「請幫我向她轉達一聲。」

「這裡可不是旅館的櫃檯呀。」

身為護翼軍第五師團總團長的被甲族則打哈哈地答道。

「她是罪犯，也是重要的證人和情資來源。總的來說，我們很看重那位客人，不能隨隨便便把房號給你。」

「你無須這般窩藏心思，我們已經掌握仕情況了。」

說完——大概是想端正姿勢——只見鴞的身體晃動了一下。雖然艾瑟雅知道現在不是想東想西的時候，但還是覺得他很像一隻巨大的玩偶。

「我代表高層白翼為你們這次成功討伐〈沉滯的第十一獸〉一事致上遲來的祝賀。」

「那真是謝謝了。」

「此外，請你們明白，我來這裡是因為我們深知討伐這頭獸的意義。也就是說，沒錯，我們對〈終將來臨的最後之獸〉的了解不亞於現在的你們，也具備同樣的危機意識。因此，同樣生活在這一片天空，我希望能以友邦的立場進行商議。」

「喔……」

原來如此。

歐黛・岡達卡這幾年是與貴翼帝國聯手行動的。從遺跡兵器、莫烏爾涅，到妖精的調整方法，她撒了各式各樣的餌來吸引對方合作。這些事情艾瑟雅都知道，不過……

（沒想到對於看似明理的對象，她連後續的事情都和盤托出了……）

艾瑟雅偷偷瞥向一等武官，他則回了個類似的眼神。

桌上放著一份文件，她勉強看得出上面以古字體寫著「連翼證明書」。內容是九號懸浮島發生走私軍糧案，為了進行調查，雙方協定護翼軍可以獲得一些方便。最下面有第一師團卡格朗一等武官的簽名。

這樁走私案當然和歐黛及〈最後之獸〉扯不上關係。不過，這份文件當然有其存在的理由。

貴翼帝國和護翼軍之間的關係本來就沒有多好，如果要為了不太能公開的目的合作，便需要表面上的理由。然後，像這樣準備好一個理由，之後就可以憑現場的判斷來做任何穿鑿附會。歐黛或許知道私售事件的內情，討伐〈最後之獸〉或許關係到走私案能否解決。誰先提出主張，誰就是贏家。

「這招還真是粗暴啊。」

「有什麼問題嗎？」

「唔……」

連說都不必說，用常識來想都覺得問題一堆。

「既然手續已經辦妥，那也只能按照內容去做了。護翼軍畢竟是官署，面對契約和協定還是得退讓三分。」

一等武官滿不在乎地這麼說道，然後拍了拍手。

「喂，賽爾卓上等兵，把特別客房的客人帶過來。」

某道在窗外偷聽的氣息震顫了一下。

「對於〈最後之獸〉的本體，大賢者大人作過近乎解答的預測。〈十七獸〉的第十七獸——不如說，就是因為他預測到第十七獸的存在，才會得出〈十七獸〉這個稱呼。」

歐黛被帶到天花板很高的大會議廳，在眾多主要關係者面前用一貫的態度開始敘述。

那身樸素的囚衣一點也不適合她。

「在他的預測中，〈最初之獸〉會回想過去並創造出虛假世界。而在五年前，實際接觸過那個世界的人所提供的證言證實他預測正確。這件事讓〈最後之獸〉的性質預測得以確立，那就是它會想像未來並創造出真實世界。」

「……情報的準確度很高，實屬慶幸。」

一等武官重重地點了點頭。

「但這可不代表妳所說的話是值得相信的。」

歐黛聳聳肩，不理會他的諷刺。

「Heritier，在古語中的意思是『繼承者』。否定現在既存的事物，伸手迎向以往不允許存在的可能性——」

她閉上一隻眼睛。

「——說得極端一點，那是世界的卵，能夠產下強大不死者的矛盾結晶，新生的異質世界。若是成功孵化，豈止是懸浮大陸群，連同下方的大地在內，我們所知的世上一切都會歸於虛無。」

「這是怎樣？〈十七獸〉的目的不是『讓懸浮大陸群歸於沙土』嗎？」

納克斯·賽爾卓上等兵——將歐黛帶來這個屋子的人插嘴說道。但歐黛看起來並未感到不快地答道：

「說得更準確一點，是『奪回故鄉』才對。對於前十六種〈獸〉而言，它們的故鄉是太古時期，星神他們尚未造訪的世界。所以它們才會否定我們的存在，不過——」

「剛出生的〈最後之獸〉根本不曉得該奪回的故鄉是什麼模樣。如果盲目追求全然陌生的事物，它只能否定現在的一切並破壞殆盡……是這樣吧？」

艾瑟雅向歐黛如此確認，而歐黛回了一句「完全正確」。

「大賢者大人的預測還有兩個。如果它創造了世界，想必會作為與外面世界的隔閡而形成結界。在完全成長起來之前破壞掉結界不失為一個對策。」

所謂的結界，意即隔絕兩個世界的障壁。

簡單來說，這是內部與外部為不同世界的證明。

因此，只要破壞掉這個障壁，兩個世界就會合而為一。具體來說，就是兩者開始融合，直到其中一方消失無蹤。從這個道理來看，是的，即便〈最後之獸〉是未知的敵人，卻也未必是無法擊敗的對手。

「所以說，要是懼怕卵裡面的東西，只要在孵化前打破它就好了。」

「本來的話，必須經過相當繁雜的程序才能破壞結界——」

維持與外界相異的世界並沒有那麼簡單，一定要找到一個象徵。可以是鞏固世界形象的術師，也可以用某種物質——石碑或模型等——來當作彰顯世界形態的象徵。

所謂的破壞結界，就是深入結界內部找到核心，再進行物理性的破壞。在對付未知的敵人上，這種作戰方式必定要冒著很大的風險；然而——

「——幸運的是，我們知道一個更迅速準確打破卵的方法。」

「……意思是？」

「五年前，護翼軍精靈兵器珂朵莉・諾塔・瑟尼歐里斯擊墜十五號懸浮島，把出生在那裡的威脅——〈最後之獸〉驅逐了出去。」

艾瑟雅倒抽一口氣。

「我們再做一次同樣的事情。破壞那座三十九號懸浮島，使其墜落至地表。它如今失去了〈第十一獸〉的堅固防衛，這並不是辦不到的事。」

「這還真是……暴力啊。」

一等武官嘀咕道，巨鴞則用力地點了點頭。

「再過一陣子，盤踞二號懸浮島的〈獸〉也必須解決掉，所以作為起步之初所點燃的狼煙也不錯。」

「……所以貴翼帝國答應了。你們贊同歐黛小姐所提出避免滅亡的程序。」

一等武官淡然地說道。

言詞間透出一絲嫌惡。

「這是皇帝作下的決斷，被命為『選空計畫』。」

巨鴞微微傾過頭繼續說道：

「你們應當清楚，這是為了未來所必要的犧牲。然而，要護翼軍帶頭執行是很困難的事，所以由我們來做，你們只需要默認即可。那座三十九號懸浮島，那頭〈最後之獸〉，正適合作為一切行動的開場。」

「這樣啊……」

一等武官用手指敲著桌面。

「不管怎樣，我沒辦法立刻給你答覆，還請你暫候幾日。」

「我明白你的立場，暫候也無妨。」

巨鴞從座位站起身。

「不過，我堅信結論只有一個，那就是你們一定需要我們。護翼軍是為了保護懸浮大陸群而存在——若要執行歐黛·岡達卡的計策，這種信念太過理想化了。」

「感謝你們的好意。所以帝國願意扮演反派嗎？」

「反派只存在於戲劇中。現實世界中會出現的頂多只有討不討人厭的差別而已，沒有真正的善惡。」

「話雖如此，就我個人而言，現在不太想聽到這種大道理啊。」

「即便是這樣，逃避面對也無濟於事。」

巨鴞用鳥喙弄出「咔」的聲響（大概和哼鼻子差不多），接著又說：

「我等是貴翼軍、侵略之徒，早已習慣面對百姓的憤恨。」

†

要思考的事情太多了，實在累人。

艾瑟雅回到兵舍，打算小睡一會兒。

輪椅在路上前進，發出嘎吱輕響。

「幾位帝國客人已經入住市內旅館，並在取得他們的同意下派人監視。」

納克斯・賽爾卓上等兵一邊推著艾瑟雅的輪椅，一邊回報情況。

「他們表示：『近空已配置好專門用來擊墜懸浮島的戰力，希望諸位在事態發生巨變前作好決定。』——就是這樣。」

「是嗎……」

艾瑟雅用指尖玩著還有點溼潤的瀏海，低嘆一聲。

「真不好處理啊。從手頭的依據來看，他們選擇的是上上策。無論作何犧牲，配合那個計畫一定比較好。只不過手頭的依據絕大多數都出自歐黛身上，想想就覺得害怕……」

沒錯。儘管有許多啟人疑竇之處，但最令她放不下心的，就是歐黛・岡達卡這個女人的信用度。她的話不能忽視，卻也不能盡信。何況若是按照她的說法出動軍隊擊墜懸浮島，更是不容有任何迷惘。

找菈恩托露可討論一下彼此的想法，應該可以核對出一定程度的虛實。

（……不過菈恩這個人有時候還滿老實的，搞不好已經被歐黛誘導了意識。）

擅長話術的對象很棘手。在不經意的日常對話中穿插的小小謊言，可能會在日後釀成巨大的陷阱。

而菈恩托露可聰明歸聰明，卻不擅長用她的聰明去懷疑別人。雖然她可能自認很厲害，但說得直接一點，她在這方面就是遲鈍。她會裝模作樣地說：「我可不會相信你所說的話。」結果還是直接上鉤被騙。

在歐黛這種等級的騙子眼中，菈恩托露可就是待宰肥羊，她的思維可能在沒有自覺的情況下已經有所偏頗。

因此，到頭來還是回到最原先的問題。

那就是歐黛這個人到底值不值得信任？

「……她講什麼不一定要信啊。」

背後傳來納克斯的嘀咕聲。

「咦？」

「喔，就是歐黛姊啊。畢竟我當她的跑腿很長一段時間了，多少懂一點她的為人。」

是啊——說起來確實是這樣。

「呃，這是什麼意思？所以還是不要相信她比較好嗎？」

「不是。其實思考她講的話值不值得相信都是白費力氣，只會把自己搞得很累而已。和墮鬼族相處就是如此。」

他深有感慨地說道。

不知為何，雖然他的口氣有點輕浮，卻異常有說服力。

「不過，她想做的事情和說出口的話最好分開來看。」

「……什麼意思？」

「就是字面上的意思。他們那一族毫無疑問很惡質，但並不是壞人。他們只是採取的手段令人無法恭維，真要說的話，想要達成的目的和小市民很接近。」

他說得沒錯。艾瑟雅也明白這一點，只不過——

「就是這樣才可怕啊。」

艾瑟雅微微轉過頭，一邊觀察納克斯的表情一邊答道：

「一個本來心理素質接近小市民的人，卻打算一肩扛起整個世界的命運。若是在過程中堅持不住而挫敗讓步還沒什麼，但她可是打算就這樣承擔著一切奮戰到最後，一個人不斷欠下還不了的債。」

從前，她跟菈恩托露可說過歐黛是完美聖人，這個想法到現在也沒有改變。

她發現納克斯的臉色有點僵。不知道他腦中想到的是歐黛，還是她的弟弟。

「一旦明白這些事情，就實在不想乖乖配合她的盤算啊。」

她從身後的納克斯身上移開視線，看著前方。

「……將自己的命運全交給某個強者，對方受傷或死亡都不關自己的事，若無其事地繼續過日子……這樣不會很難受嗎？」

她尋求納克斯的贊同，但他並沒有回應。

她想起奈芙蓮。

奈芙蓮現在正憑著一己之力在維持懸浮大陸群的結界。

再這樣下去，預估不出兩年就會用盡氣力。

如此一來，構成懸浮大陸群的結界屆時一定會消失，懸浮島會盡數墜毀，活在這片天空的所有生命都將滅絕。

在那之後，她……究竟會如何？

若她真是不死之身，即使用盡氣力應該也不會死亡。她可能會在萬物消亡後的灰色沙漠上，獨自一人甦醒過來。

周圍只剩下〈獸〉群。而他（？）們在消滅掉仇敵懸浮大陸群之後，或許性情會變得比較溫和，搞不好願意接納具備同胞性質的奈芙蓮。

如果，奈芙蓮在那裡發現新的故鄉，從無法守住一切的後悔與自責中振作起來，找到活下去的理由，那似乎也能算是一個幸福的未來——

（——這種想法好像在哪裡聽過啊。）

艾瑟雅苦笑著停止妄想。

只有能從敗北的情況中獲取或挽回一些東西的時候，才會去思考輸掉之後的事情。對一個確定會失去一切的未來寄予想像，太缺乏建設性了。

不過，某個男人在腦海中浮現就揮之不去。

威廉・克梅修。

那個男人曾經失去故鄉和心靈，後來在這片天空重新找了回來。

儘管現在這麼想也無濟於事，他很強。他的強大看在當時還是小孩子的她們眼中極為眩目，令她們欣羨，而且……嗯，還滿可疑的。

（不對，可疑是因為他本身的性格。）

那時候的她，並沒有對他敞開心房。

畢竟摯友癡癡迷戀著他，讓她有些顧忌。但更重要的是，她輕率地以為還有一些時間，所以始終跟他保持一點距離。

要是當時再多依靠他一點。

要是當時再多對他撒撒嬌。

他離世至今已五年，如今她都長大了，這種沒出息的懊悔卻總是湧上心頭。

或者應該說，即便現在個子抽高了，她終究還是個孩子——這種沒出息的想法也冒了出來。

（話說還得找回他的屍體才行呢……）

威廉的屍體，也就是「死亡的黑瑪瑙」，聽說前幾天從機密倉庫發出怪叫逃走了。

一般而言，屍體不會說話也不會動，所以她認為目擊到的未必就是事實。可能是竊賊巧妙地隱遁身形，一邊裝作屍體發出聲音一邊搬運；又或者是被外面遊蕩的惡靈附身，諸般因素讓兩者奇蹟似的相當契合，所以屍體就動了起來。總之真相八成和三流恐怖故事差不多。

他們順便去一趟慶功宴的中心地。

也許是鬧通宵後真的累到筋疲力盡，將近一半士兵有的回去睡了，有的趴在地上活像個屍體；剩下的其他人儘管少了些氣焰，依然精神十足地繼續歡鬧。

「噢噢二等相當武官也來了啊喝一杯提提神如何？」艾瑟雅鄭重推拒了遞過來的杯子（跟她的腦袋一樣大）。

她掃視周遭，尋找學妹們──緹亞忒、潘麗寶和可蓉的身影。反正她們大概在附近規規矩矩地參與這場狂歡吧，差不多該強制把她們拖回去了。

「唔呃！」

納克斯在後面怪叫了一聲。

「嗯？怎麼了？」

「沒有啦，就是常見的那種狀況，我突然想起有急事所以很抱歉真的非常不好意思之後要怎麼罵我都可以。」

「什麼？」

也不曉得他有沒有聽到她的詢問聲。

才一眨眼的工夫，完全沒有發出腳步聲和振翅聲，他人就這樣消失了。

「……到底是怎樣啊？」

無可奈何之下，她只能隻身在地獄中前進。

不過，她很快就看到了一幕異常的景象。

用「屍橫遍野」來形容再恰當不過。桌椅東倒西歪，滿地密密麻麻都是昏倒的士兵，緹亞忒、可蓉和娜芙德（不知為何她會在這裡）也在其中。而這幅景象的中心，則是優雅地坐在椅子（不知為何只剩這一把椅子）上，津津有味喝著發酵酒的妮戈蘭（不知為何以下省略）。

「…………到底是怎樣啦。」

她頭疼了起來。

一定是充斥周遭的酒臭味害的。她想當作是這樣。

†

艾瑟雅費了番工夫總算讓這幾個人醒了過來。

兵舍一隅，這些人在前往妖精房間的路上解釋情況與來龍去脈。

「他們只給我一點點酒而已喔，就一點點。」

這是犯人的說法。

不過，艾瑟雅認為這句話是可以相信的，畢竟妮戈蘭的酒品確實不好，要是她真的喝醉了，現場不可能只有那種程度的毀損。

「幸好妳還沒開始吃下酒菜啊。」

「這麼一說，我倒是有點餓了呢。」

妮戈蘭緊盯著緹亞忒。「不～要～啦～！」緹亞忒像個孩子似的揮動雙手。

「哎呀，真是太鬆懈了。下次可不能這樣了喔？」

「嗯！」

走在前面的娜芙德和可蓉，不知為何都開心地轉著肩膀活動筋骨。

「……話說，潘麗寶跑去哪裡了？」

「不知道耶，她應該沒有來過慶功宴吧。」

「我沒看到！」

「說起來我還沒見到她呢。」

三個人給了三種回答。

「看來她還是一樣隨心所欲呢。」

艾瑟雅希望潘麗寶這陣子可以謹慎一點。原因之一自然是這場戰役的主角是她，而另一個原因則是她的右手臂仍舊是被〈第十一獸〉同化的狀態。

誰也不曉得會不會一有閃失就釀成災禍，凡事謹慎些最好——如果這麼說的話，就必須把她關到偏遠的小島上，所以希望她盡可能安分一點。

「咦，這個？」

一條毛巾掉在走廊上。

「啊……潘麗寶好像回來了。她只要淋雨回來，就會像這樣把東西扔在地上。」

妮戈蘭不悅地皺起眉。身為從小教導她們禮儀的家長，這是很正常的反應。

「她是掛心被留在這裡的莉艾兒才回來的嗎？」

「應該不是吧。那孩子今晚託管給哈爾奇納西歐先生了，沒有在房間裡。」

緹亞忒小跑步過去彎腰撿起毛巾。

「喂，潘麗寶，妳起碼要扔進洗衣籃——」

說著說著，她看向門敞開的房間裡面。

——然後不動了。

「怎麼啦？」

「喂喂，妳在幹麼啊？」

娜芙德隨口說著走近緹亞忒，發揮高了緹亞忒一顆頭的身高優勢，從她正上方探頭看房間裡面。

「啊？」

她睜大雙眼，就這樣定在原地。

「咦……咦、咦、咦咦？」

耳邊傳來妮戈蘭不知所措的聲音，艾瑟雅蹙緊眉頭。

蛇尾雞（Cocadrille）這個名稱掠過她的腦海。這是童話中的怪物，外表像是用蛇和雞拼湊而成，誰跟牠對到眼就會被石化。當然，這只是想像中的生物。相傳從前地表實際存在過這種怪物，不過她認為這也是虛構故事的一部分。

因此，儘管她有點畏縮，還是跟上了娜芙德。

她推動輪椅到緹亞忒旁邊。

接著探頭從敞開的房門看向裡面。

只見潘麗寶躺在沙發上。

她整個人趴著，右手和右腳垂放在地上。雖然這姿勢不太雅觀，但畢竟看過很多次了，因此沒什麼好驚訝的。

問題在於另一個人。

閉著眼睛坐在沙發上，提供雙腿給潘麗寶當枕頭的黑髮無徵種男性。

年齡——按一般無徵種的標準而言——大概將近二十歲。

他的表情毫無幹勁，感覺不喜歡跟人起爭執。

她認得那張臉。

而且，那理應是再也看不到的臉。

「……………威廉・克梅修……？」

不曉得他是聽到了這句低喃，還是察覺到她們的氣息。

青年緩緩睜開眼睛，打了一個呵欠。待稍微活動過脖子和肩膀之後，他帶著不太和善的眼神朝她們看過來。

「嗨。」

然後，他用毫無情緒起伏的嗓音打了聲招呼。

6. 瑪格莉特・麥迪西斯・代號F

十三號懸浮島。

鄰近科里拿第爾契市中心，隸屬奧爾蘭多商會的綜合施療院。

其中一層掛著研究設施的招牌，隨時受到軍人保護。一般人當然不得放行，而施療院職員也只有一部分人可以進入。

這個地方的主要功能有兩個，其中一個是進行妖精兵的研究。在穆罕默達利醫師的管理下，大量資料都已統整完畢，但在前陣子的騷亂中遭到帝國士兵破壞，這個功能便隨那些資料一同作廢了。

至於另一個功能，自然是暗中治療不能對外公開身分的傷病患。

瑪格莉特・麥迪西斯的病房就在這個樓層最深處的角落。

在英雄拯救了城市的事發那天，瀕死的傷重少女被送進這裡。所幸她的傷勢和體力一直都恢復得很順利。

負責照顧她的護理師都覺得她是很奇特的孩子。當然，他們並未獲知她的情況和背景，只曉得一個事實。那就是這名小女孩不知為何像政爭中的政治家一樣受到機密等級的保護，在這裡接受完善的治療。

儘管這樣不太恰當，不過他們甚至為此玩起了打賭遊戲，猜測瑪格莉特・麥迪西斯究竟是什麼身分。最多人賭她是城中權貴的私生女，在之前的事件中受了傷，但不能送去市井醫院；其次則是她其實是傳說中的妖精兵器之一，但因為不是純粹的無徵種，所以發揮不出稱得上無敵的力量。

（——感覺兩個都不是啊。）

一名護理師漫不經心地思考著打賭的事情，今夜也來到少女的病房。

（她老是在發呆，幾乎不跟人說話，總覺得……）

護理師尋思著措詞，同時握住門把。

（不知該說是縹緲虛幻，還是像秋節祭的幽靈似的，脆弱得彷彿一離開視線就會消失不見……）

她一邊想著，一邊打開病房的門。

一道風拂過鼻尖。

（……咦？）

病房裡沒有開燈。

白色窗簾隨風高高飄起。

窗戶大敞著。

床上一個人也沒有。

†

同一時間，瑪格莉特．麥迪西斯——瑪格的身影出現在同一棟建築物的另一個房間。

這個房間是沒有照明設備的地下室，僅有燈晶石發出的微光照亮內部。

這個房間沒什麼裝飾，相當簡樸。

正中央擺著一張同樣簡樸的床鋪，上面躺著一名只裹著被單的裸體少年。

「——費奧多爾。」

瑪格低聲唸出少年的名字。

她伸出指尖靠近他的臉頰，但在快觸碰到之際縮了回來。

這是她過去最心愛的未婚夫。

約定好要永遠在一起的對象。

明明很壞心眼，卻又在弱者面前故作溫柔。

明明應該很弱，卻又在弱者面前故作逞強。

這種行為舉止——對從前的瑪格而言，會令她感到非常高興，而一定也有其他人有相同的感覺。然而（雖然本人絕對不會承認就是了），對費奧多爾本身而言，那樣的逞強是一種負擔。愈是逞強，負擔就愈沉重。

換作一般人，大概半途就堅持不下去而放棄逞強。但費奧多爾做不到。他就是痛恨自己的弱小，因而沒辦法以弱小為由放棄其他事物，持續奮鬥到最後。

所以，他現在才會在這裡陷入長眠。

「那具身體還是活的，勉勉強強撐著一口氣。」

瑪格背後，一個用暗灰色兜帽遮住容貌的人物低聲告訴她。

「當然，他什麼時候死掉都不奇怪，今後也不會醒來。根據軍醫的診斷，寄宿於其中的精神已經**脫離**了。而護翼軍第一師團決定將這個試圖利用〈獸〉的人定罪，中止治療並進行處決。」

「……這是卡格朗總團長的決定嗎？」

瑪格沒有回頭，如此問道。

「至少他對這件事的態度很消極。不過，他最後確實是回應周遭的要求，在同意處刑的文件上蓋了章。」

「是嗎……」

「來自奧爾蘭多的無徵種女人也強烈反對。原以為她只是在打小算盤，立場上和這次事件沒有多大關係，但她在軍方內部意外地很有發言權……不過，這種事情事到如今也無所謂了。」

暗灰色的兜帽微微晃動。

「那麼，答應讓妳再見這個人一面的約定已經達成了。我再問妳一次，代號F。妳願意以指導者的身分加入我們嗎？」

戴著兜帽的人物——身體稍微前傾這麼問道。

「如今失去了代號B，除了妳之外，再無人能成為我等『希望（Elpis）繼承者』的支柱。我等需要一個人來引導大家該將滿腔怨氣指向何人，又該如何雪恨。」

「所以就找上我嗎？」

「只有妳跟代號B一樣是在濁窯中鑄造而成的毒刀，代號F。」

過去，艾爾畢斯集商國滅亡後出現大量孤兒。有一群人將這些孩子集中起來，試圖培育成特殊諜報員以供差遣。那些人用毒和藥物束縛住這些孩子、改造他們的身體，想塑造成用完即丟的超人。

從代號A到代號L，準確來說，這是改造計畫的名稱，也是投入的實驗藥劑類型名稱，以及用來做實驗的實驗體小組名稱。但如今計畫已終止，藥劑也遺失，實驗體幾乎死絕，會被這樣稱呼的只有碩果僅存的倖存者。

（代號……F。）

因此，這對瑪格來說是相當遙遠的名字。

是她當初逃走時就捨棄的名字。

她本來安心地認為不會再聽到這個名字……然而那天夜裡與代號B重逢後，這個名字又回來了。

「……我不是什麼毒刀，只是一隻迷途貓而已。」

不知道該將怨氣指向何人，不知道該如何雪恨。應該大部分的人都會嗤笑這不過是沒出息的牢騷話，但瑪格非常懂這種心情。因為不久前，她自己在同樣的狀況下也只能不斷徬徨。

她之前一直在尋找歹徒，想要查出導致艾爾畢斯滅亡的商人，逼他們謝罪。孤身一人的逃亡者所能期盼的也只有如此。

然而，被歐黛撿到、與費奧多爾重逢、短暫與菈琪旭一起行動，經過這些時日後，她稍稍有所領悟。

若要到達渴望的明天，最重要的就是必須對明天抱有期待。

「我說不出幫大家指明路這類的大話。但一起迷惘、一起冒雨前進還是做得到的。」

「所以……」

「我接受。」

她點點頭——視線從沉睡的少年臉龐移開。

「感謝妳有此決意。妳的觸鬚指向，即是我等『繼承者』的明日所在。」

對方語氣倏然一變，向她宣誓效忠。

她感到有些沉重。

但她不會再逃避了，不會信步而行，也不會隨觸鬚而行。因為她剛才已經憑自身意志選擇了道路。

「請把費奧多爾也一併帶走。」

「妳需要他吧，了解。」

兜帽人滑行般地靠近，抱起床上的費奧多爾。

「請小心搬運，把他當活人來對待。」

「儘管交給我吧。」

他恭敬地頷首致意。

當然，這或許只是在白費工夫。

她不曉得費奧多爾能否再次醒來。不，他搞不好在被〈獸〉吞噬掉的當下就已經覺醒成危險的存在也說不定。

即便如此，他的心靈還是有可能再度回歸也說不定。

但問題在於，到那時候她不能依然毫無長進。

在弱小的瑪格莉特・麥迪西斯面前，無論發生何種變質，費奧多爾・傑斯曼都會想要逞強，結果不過是重蹈覆轍罷了。

唯有這一點，她無法忍受。

唯有這一點，她無法認同。

「我——」

所以，此時此刻，此情此景，她對著自己無法碰觸費奧多爾的食指許下一個誓言。

「——我要……我會變強。等著彼此一定會再次相見的那天來臨——」

「雄辯的死者，以及活下去的理由」

-heartless man-

1. 沒有歸屬的男人

他以為大概無法活著回去。

並且內心依然期望能活著回去。

他打算在不放棄這個希望的情況下奮戰到最後一刻。無論這有多麼離譜、多麼不切實際、多麼像癡人說夢，他也打定主意不到最後絕不輕言放棄。

不僅如此，他還有一個盼望。

假設，如果，萬一他真的不行了。

就算在接下來的戰役中陣亡，就算無法活著回去，他仍希望在其他戰場上奮戰的夥伴們，還有留在故鄉和大陸各地的人們都能夠平安無事。在自己與夥伴們贏得的和平中，過著比現在更平穩一點的生活。

他當然會希望他們能對自己的離世略表哀傷，但更想要他們快點振作起來，和往常一樣笑著活下去。

如此盼望著、祈禱著。

而且比起自己生還，這個願望不僅實際得多，也稱不上離譜。

這是遠在五百多年前的故事。

也就是獲得讚光教會認可資格，成為了討伐星神艾陸可・霍克斯登隊伍一員的年輕準勇者——

威廉・克梅修這名青年的故事。

黑燭公（Ebon Candle）是侍奉星神的從屬地神（Poteau）之一，也是艾陸可・霍克斯登的第一親信。相傳創世時期，正是他將生死法則銘刻於這個世界。

他並不是人類之軀有辦法應戰的對手，要打倒他更是不可能。

而當時的威廉扭轉了這個不可能，澈底破壞不死之神，將其逼至完全無力的狀態，必須經過長久歲月才能復活。

這既是奇蹟般的勝利，也是當下發生的一切奇蹟。

威廉・克梅修在那場戰役中放棄了生還的念頭。

他重複施展了好幾次只有捨棄性命的死士才能使用的術法和招數，否則他無法戰勝對手，無法守護人類，他背後那些活著的重要人們也將沒有明天。他沒有其他辦法，只能全盤仰賴理應是禁忌的手段。

——原本是打算活著回去的。

——但為什麼會變成這樣呢？

低頭看著自己開始石化的身體，他想到的是自己的夥伴們。

再也見不到的人們，應該會過著他再也觸及不到的生活，而這就是他的夢想。

事實上，這一瞬間他覺得有些幸福。儘管沒能走到最理想的未來，但也只剩一步之遙了。而且他閉上雙眼時，依然相信著那個自己最憧憬的未來。

他甚至覺得，如果可以就這樣閉著雙眼，這份幸福就會永遠持續下去。

然而——

他在一片黑暗中甦醒。

奔跑於夜色之際，意識逐漸恢復。

他在無人的城市中徘徊，搜集這個處境的相關知識。

途中遇到一個狼頭男人主動跟他搭話。他沒有仔細聽對方在說什麼，而是整理慢慢復甦的記憶。

後來——

†

儘管男子說不要管他，但坐輪椅的女子——艾瑟雅沒辦法照做。她拽著他的耳朵把他拖到總團長面前。

快速聽完情況說明後，被甲族開口問：

「……這是真的？」

這就是他的第一句話。

「我也覺得非常頭疼，但好像是真的。」

「老實說，怎麼聽都覺得只是惡劣的玩笑啊。」

「畢竟，那個人本身就像是個惡劣的玩笑嘛……」

男子心想，講這種話應該壓低音量別讓當事人聽到吧？

總團長沉吟片刻，叼起一根新菸。

「拉茲．利可維洛事件的第三天。」

他忽然拋出這句話。

男子對這個名詞有印象，記得是——

「一名涉嫌走私兵器的三等武官遭到拘捕，其妻招供的原委與走私對象的紀錄有所出入，因此決定重啟調查。隔日發現與雙方不一致的新證據，搜查就此陷入僵局。」

「…………」

菸從總團長嘴裡掉了下來。

「去年冬季三巡兵站運輸班使用的暗號是？」

「Ｓ－ＲＣ，密鑰是黑(Noir)０６。但因為蒙德上等兵的失誤，有三天都被記載成黑０８，所以他的休假就泡湯了。」

「『蕁麻』事件發生之際，假爆炸地點是？」

「紀念館地區、北東七號、麥吉尼斯男爵舊邸、舊礦山礦車Ｂ３站。設置在『蕁麻』內部的是真的炸彈，所以不用列入吧？」

「彩虹山岳事件。」

「這樁醜聞源自帝國貴族的低級遊戲，但由於涉及高度政治交易，對外宣稱是亞科里蟻甲教團儀式中發生的意外。順便補充，這份情資並沒有告知費奧多爾．傑斯曼四等武官，根據記憶是他暗中費了番工夫才查到的。」

提問到此告一段落，總團長又沉吟起來。

「我說，這位看來是如假包換的本人啊。」

「所以我剛才就說了嘛。」

艾瑟雅垂下肩膀答道。

「還有誰知道這件事？」

「只有我身邊的人，緹亞忒、潘麗寶、可蓉、妮戈蘭和娜芙德。納克斯上等兵和民間情報販子是單純知道這個人存在，並沒有發現內在是這樣。」

「這樣啊，嗯……」

他看了眼窗外。

「天氣真好呢。」

「好了啦，請你立刻面對現實，不要逃避。」

「話是這麼說，不過威廉．克梅修二等技官和費奧多爾．傑斯曼四等武官這兩人，縱然原委各有不同，但都是『已處刑的大罪人』吧？」

威廉・克梅修過去化為獸，成為懸浮大陸群的敵人，他的屍體本身就是最高機密。而費奧多爾・傑斯曼也才在前幾天引發了類似的事件。

（我可不記得自己有犯下什麼大罪啊。）

男子暗自嘀咕。

「如此一來，既不能公然放他在外，也不能再次處刑，要拘留起來好像也很困難。」

「唉……」

問題在於，除了放他自由以外的選項全都近乎不可能。

不管準備何種牢房，這男人應該都能輕輕鬆鬆地破房而出。而且他用的是死者的身體，大概也沒什麼藥物能起作用。

更何況他是具有墮鬼族猜疑心的古代高手，扔進牢裡也好、打藥也好，重點是要怎麼做才能成功制伏他？

「不過，這種事還是問本人比較快吧？現在的你想要做什麼？有打算繼承費奧多爾還是威廉的目標嗎？」

「目標喔……」

他撓了撓頭。

「沒有耶，他們想做的事情和現在的我沒有直接關係，再說我又沒本事改變世界，也沒有那方面的構想。」

「這樣啊。」

總團長點點頭。

「既然你都這麼說了，那也沒辦法。呃，不曉得該稱你武官還是技官，總之可以退下了。勞你來一趟了。」

「咦？」

「這沒什麼好驚訝的吧？」

艾瑟雅一臉錯愕地看著總團長。

「不是啊，威廉·克梅修二等技官的才藝多得嚇人，還是專挑莫名其妙的情況發揮本領的恐怖人才耶！他不過是有點笨拙，只能在小孩子面前展現自己多有才幹而已，真要做事的時候總做一些沒人看得懂的事情，是個不覺控、言出必行又無聲做事的人啊！」

妳真的知道自己都在說些什麼嗎？

「既然妳要這麼說，我也很清楚費奧多爾的為人。」

總團長平靜地應答：

「他是充滿矛盾的現實主義者，深深明白自己有多無力，卻依然追逐過於遠大的理想。他也是戰鬥專家，認為自己必須改變這個無可救藥的現實。不論只有一半還是怎樣，實際上就是我們現在很需要他。」

「那麼！」

「正因如此，現在的他派不上用場，我也不打算留他做事。」

「你們談完了吧？」

男子迅速轉身面對門口。

「對外就當作是『客人』吧，順便發張身分證。另外，我們還是得派人監視你。」

「隨你們高興，我沒意見。」

他頭也不回地答道，就這樣離開了屋子。

†

我到底是什麼？男子這麼思考著。

答案很簡單。他是理應不存在於此的兩人中的一人，也是不該存在於此的兩具屍體。

無處可去，無處可歸，致命性的迷途之子。

†

一個好像叫做妮戈蘭的紅髮女人仔細檢查了他的身體。

「單獨聊聊吧。」檢查完後，她帶他到外面。

雨停了。

月亮從雲層間稍微探出臉來。

夜晚並非完全悄然無聲。儘管毀損設施的修補工程到夜間會中斷，但沉溺在勝利喜悅中的士兵不會停止吵鬧。只要風向改變，城內的喧譁聲就會傳過來。

「事情經過……我大致上懂了，只是還有點混亂。」

走在他身旁的女人用微微震顫的嗓音這麼說道。

「真厲害耶。倒是說出這件事的我都還沒掌握住情況呢。」

「你這麼說會讓我覺得很複雜啊。」

妮戈蘭仰首看著月亮。

「首先，你的身體確實是威廉·克梅修的，你也想起自己就是威廉·克梅修。然而，你的記憶只到在地表石化的時候，後來的事情就不記得了。」

「……似乎是這樣。聽說我還有承蒙過妖精倉庫的關照之類的。」

「對你而言，那段時光很陌生吧？」

「是啊。」

妮戈蘭仍然抬著頭，周遭昏暗，看不清她的表情。

「我——我們都記得很清楚。雖然你待在妖精倉庫的時間很短，但我們從你身上得到很多事物。你突然消失的時候，艾瑟雅她們最後見到你的時候，也非常……非常……」

她的嗓音逐漸微弱。

他對此感到一種類似焦躁的心情，不想讓她說到最後。

「妳口中的『威廉·克梅修』應該花了很長一段時間，才振作到那種程度吧？」

彷彿是要打斷妮戈蘭的回憶似的，他插話說道。

「那麼請妳明白，現在的我有一半是還沒振作起來的那傢伙。對這個世界不抱任何期待，也不想抱有任何期待。」

「……所以你的一半是以前的威廉吧？」

「嗯。」

「至於另外一半……是費奧多爾的記憶，對嗎？」

「但不是妳說的那個在科里拿第爾契市大肆作亂的『費奧多爾・傑斯曼』。我擁有的記憶和情感，只到他潛入零號機密倉庫，在意外之下——」他指了指自己的眼球。「——對屍體施展了墮鬼族力量的這一瞬間為止。」

不過，能說大陸群公用語也都是多虧了他呢——他輕笑著補充。但妮戈蘭沒有反應，所以他很快就斂起笑容。

「屍體。」

妮戈蘭複述了這兩個字後再道：

「對了，剛才檢查的時候我就說過，你的身體完全就是一具屍體。從背後延伸到胸口的無庸置疑是致命傷。肺就不用說了，心臟也沒有作用。但撇開這些不談，你本來就不需要呼吸和心跳。」

「……我可是有呼吸喔？」

他沒有開玩笑的意思，不過有些在意便問了。

「是為了像現在這樣講話，更進一步來說，是為了發聲才需要呼吸吧？或者搞不好只是身體的習慣罷了。」

的確是這樣。當他在黑暗中的零號機密倉庫復活——不對——醒來之際，好像真的沒有在呼吸。後來他試圖發出叫聲，才想起用肺吞吐空氣這個行為。

「……雖然可能沒有關聯，不過你為什麼一直閉著右眼？」

「沒什麼大不了的理由。」

男人沒有裝模作樣，直接睜開原本閉著的眼睛。

妮戈蘭探頭過去，便看到彷彿將打磨過的大理石鑲嵌進去的純白團塊。

「別問我為什麼，我也不清楚。好像是這具身體變成什麼〈最初之獸〉時，變質的地方集中在這隻眼睛。」

他嘴上說著，內心卻沒有接受這個說法。

「聽艾瑟雅和緹亞忒說，五年前這隻眼睛會發出金光摧毀萬物吧？」

「什麼？」

「現在就如妳所見，最關鍵的〈獸〉的魂魄體似乎沒有在這具身體裡。」

「……哎，真是的。到底是怎麼一回事啊？」

妮戈蘭搖了搖頭。

「身體沒有血液循環，沒有體溫，也沒有腐爛。更重要的是，現在的你看起來一點也不美味，這顯然很異常。」

「嗯？」

最後冒出了一個意義不明的形容詞。儘管他想確認一下，但看到妮戈蘭沉痛的表情就猶豫了。

「異常嗎？光是屍體會動、會說話就不算正常了吧？」

「對啊，這一點我同意。」

「既然如此，妳怎麼解釋我現在這種狀況？」

「——費奧多爾的墮鬼族瞳力。」

畢竟沒有其他可能性了。

他這麼想著，但沒有打岔，而是催促她說下去。

「我也不是很清楚，不過因為菈琪旭那件事，我從歐黛學姊那裡聽說了一些。那是『交換兩人各自的心靈碎片』的能力吧？而且長時間維持那個狀態，精神會處於混淆的狀態，導致整個人崩壞。」

會是這樣嗎？

在他擁有的費奧多爾的記憶中，並沒有關於墮鬼族瞳力的詳細資訊。他只知道那是祖先具有的迷惑能力的渣滓，屬於成功率低又沒什麼奇效的小小催眠術。

就算實際上是更強大的力量，也不值得驚訝。

「我在想，那種力量的本質應該不止這樣而已。歐黛學姊可能也被『心』這個詞彙限制住才沒注意到。」

「什麼意思？」

「就是死靈術所說的魂魄體，你和對方各切下一點進行交換。雖然和交換精神差不多，但這個是……將活著的精神送到你的體內，讓你以死者的狀態半活著。」

「呃……？」

他眉頭緊鎖。魔法妖術的理論都偏重講理，是威廉·克梅修不擅長的領域——至少在地表的時候是如此。

「愈來愈像超自然現象了啊。」

「都有幽靈和不死之身了，超自然現象當然也是一門醫學，不過我是轉述學姊說過的話就是了。只要像這樣穿鑿附會一番，還算解釋得清你的狀況吧。」

坦白說，他覺得這種道理幾乎是在玩文字遊戲。但即便如此，他暫且還是可以接受。

「死者仍然是死者，在沒有復活的狀態下活過來嗎……」

無論在外人眼中看起來如何，這都不是所謂的復活。屍體仍然是屍體，死者仍然是死者，不過是一具藉由外因來驅動的傀儡而已。

「這也能解釋即便有瑟尼歐里斯的詛咒還是能行動自如的原因……嗎？」

換句話說，這就是他現在的真實面貌。

他姑且還算可以接受，但釐清這一點也不能怎樣。

「對了。」

妮戈蘭微微鼓起臉頰說道：

「到頭來，你完全不知道我是誰吧？不論是威廉的記憶，還是費奧多爾的記憶。」

「嗯，不管哪一邊，只要見過妳就不可能會忘記吧？」

「哎呀，真會說話。」

畢竟這個女人是一發現他就定在原地差點要流口水的食人鬼，應該沒那麼容易從記憶中抹掉。

「在懸浮大陸群醒過來之前的威廉，以及從這座基地逃走前的費奧多爾，確實都沒有和我見過面——總覺得好像被排擠了，令人有點落寞呢。」

「這沒什麼好值得在意的吧？」

一束煙火飛升——在空中綻放。

遠方傳來的聲響微微震動著皮膚。

「也許是多虧費奧多爾的記憶，比起當初剛到天上的威廉，現在的你更有精神地關注著這個世界。」

「是嗎？」

「可是……」

她語氣淡然地繼續說道：

「可是……你的眼睛並沒有在看著誰，對吧？」

他這是……被責備了嗎？

「嗯，妳的觀察很準確。威廉．克梅修沒能守護住任何人。」

雖然稱不上反駁，不過他也有話想說。

「不止地表和人類而已。是叫珂朵莉沒錯吧？他在這片天空不也讓那個和自己互通心意的女人輕易死掉了嗎？我是從費奧多爾的記憶中知道的。」

「那是……」

妮戈蘭想插話，但他充耳不聞，逕自不停地說：

「費奧多爾·傑斯曼也一樣。誰都沒能守護住，帶著菈琪旭小……帶著自己本來決心要守護的妖精兵一起死得壯烈唯美。我是從一張便宜的報紙上知道這件事的。」

「那也是……」

「我只能透過傳聞輾轉得知這些人的死亡，所以他們本人的想法以及當時的情況，我完全不了解也不感興趣，只覺得他們結束人生的方式都很不幸。」

他甩了甩手，像是在丟棄什麼東西似的。

「所以，我根本不想從他們那裡繼承任何事物，也沒有多事到在死傷慘重的悲劇結局之後還特意把故事延續下去。」

聽完，妮戈蘭——

曾經和威廉·克梅修及費奧多爾·傑斯曼都有過交集的女食人鬼，緩緩抬起原本低垂著的臉龐。

「的確，你已經不是他們兩人當中的任何一個了。」

天上星子將她的眼眸映照出點點淚光。

「無論是威廉還是費奧多爾，都絕對不會說出這種話。」

這句話就當作告別。

妮戈蘭沒有再多說什麼，快步──幾乎用衝地穿過男子身旁，離開了現場。

「──真是的。」

獨留在原地的男子用手指抓亂自己的頭髮，抬頭看著天空。

他和她一樣想哭。不知是幸還是不幸，這個身體只是一具屍體，沒辦法做出流淚這種行為。

他其實很清楚。

在這片天空，威廉．克梅修確實曾經在名為妖精倉庫的地方受到身邊的人所愛。他應該得到了珍視的人，並在願意珍視自己的人們圍繞下得到了幸福。

在這片天空，費奧多爾．傑斯曼確實曾經逃出護翼軍第五師團挺身應戰。即使珍視的人逐漸消失，依然狼狽地緊緊抓著希望掙扎到最後。

那些一定是很寶貴的事物。

那些一定是值得敬重的事物。

正因如此。

「我才不想裝什麼好人或通情達理的人。」

正因現在的自己明白了這一點。

「……我可沒有無恥到能隨隨便便就奪走別人的重要歸屬啊。」

2. 搖晃的大地

顧名思義，懸浮島就是浮在空中的島嶼。

懸浮島彼此的相對位置大致上不會改變，但由於沒有被固定住，還是會緩慢移動。

所以，偶爾會發生兩座懸浮島極其接近的情況。

兩者交錯而過之際，有時候也會產生些微碰撞。

當然，質量巨大的懸浮島的「些微碰撞」，對島上居民而言是天崩地裂。山岳崩裂，湖泊瓦解，甚至整個地形都可能會改變。

如同預測，三十八號懸浮島和三十九號懸浮島接觸了。

衝擊來襲。

山脈崩塌，大量沙土和連根拔起的樹木一同從山坡滑落。河流扭曲，水變得混濁。以前的銅礦坑接連沉入土裡消失。萊耶爾市也發生搖晃，各地的觀測塔倒塌，雷氣管斷裂，銅板剝落，水管破裂；一段時日沒修整過的建築物都變得很脆弱，不堪幾下搖晃就崩解。

目前就僅此而已。

實際上，碰撞造成的損失被控制在最低限度。為了應對這一瞬間，幾乎所有城鎮機能都暫時凍結，居民和來看熱鬧的群眾都被集中到避難所，不用擔心損壞的雷氣管和水管釀成大規模的二次災害。

而已經被驅逐掉的〈第十一獸〉也沒有再次侵蝕過來。

懸浮島移動得很慢，相互接觸的狀態不會只有短短一瞬。

兩座島輕微摩擦彼此的岩壁，兩塊大地持續移動，這段期間島上會不斷發生大大小小的地震。但比起第一次震盪所引發的破壞力，後續可說是不足為懼。

在這個當下，想當然耳，萊耶爾市的市政廳正對著驚人的工作量發出哀號。畢竟毀損的城市總要想辦法復原，雷氣和水管也不能一直停止運作。都市周邊自然環境所受到的損傷會直接影響到產業。必須處理的事情堆積如山，要確認城內各處的災情、安排修復工程，還有器材的確保及運送等。職員人數在這半年內銳減，而且短短幾天內也來不及補充人員。這才是加班地獄的開始。

另一方面，幾乎所有市井百姓都再次掀起歡騰喜悅，因為剛才的衝擊正是最後的危機。既然熬過了這次的難關，那就表示萊耶爾市確定倖存，大家今後也能一直在這座城市生活下去。

話說回來，護翼軍是守護懸浮大陸群不受威脅的組織。

不會干涉內亂與內政，也不能干涉。

因此，他們無法在檯面上協助災後重建工作。

當整座城市都忙得不可開交之際，他們檯面上沒什麼能做的事情。

大半士兵收到的命令都只是待命。

意思就是現在沒事可做，隨便去哪裡打發時間都可以。

†

喀————！

在名為訓練場的荒蕪廣場上。

伴隨著尖銳短促的聲響，一把木劍被打上高空。

木劍以令人眼花的速度不斷旋轉，沿著拋物線落下後插在地上。

「哈、哈哈……！」

一名女子搖搖晃晃地倒向地面。

「厲害……很厲害嘛你！我可沒聽說你竟然變得這麼強啊！」

她笑著，看起來很開心，相當樂在其中。

「妳過獎了。若論力氣和爆發力的話，呃……妳叫娜芙德對吧？妳比我強一點；如果催發魔力就更不用說了。」

將女子——娜芙德的木劍擊飛的是一名身形修長的黑髮男子。他一滴汗也沒流，架式完全沒有偏移，泰然自若地站在原地。

他依然是一臉無趣的死板表情，伸手拉起了娜芙德的上半身。

「不過，這具身體和記憶已經太習慣和高手戰鬥，而且還擁有兩個人的記憶。可以說是契合度決定了這個結果吧。」

「你在說什麼啊？習慣和高手戰鬥也好，契合度也罷，所謂的實力不就是這些東西加總起來所決定的嗎？」

她一邊笑著，一邊不服氣似的噘嘴反駁。

「……也對。」

男人微微垂眸。

「哎，可惡！珂朵莉那傢伙竟然獨占這麼有意思的訓練，太不公平了啦！真是的，為什麼我那時候要待在地表啦！」

她才剛坐起來卻又躺了下去，還像是小孩子鬧脾氣似的甩動著雙手。

不遠處，兩名女子正看著這一幕。

「他們好像很開心的樣子。」

藍髮女子——菈恩托露可．伊茲莉．希斯特里亞語氣複雜地低聲說道，像是有些傻眼，又像是有些欣羨。

她處理完急事後，從遠空來到這座懸浮島，在看到黑髮男子的臉就僵住了，直到剛剛才恢復過來。

「就是說啊。明明沒怎麼睡過，還能這麼有精神。」

艾瑟雅小聲嘀咕著，同時看向身旁。

只見菈恩正蹲在地上，用撿來的棒子在地上畫來畫去。直線和曲線，點和面，那些紋路藉由各種部件複雜地纏繞在一塊。如果當　幅畫來評價並命名，畫名應該是「用螺絲釘與齒輪構成的大量麵條」吧。

「妳在幹什麼？」

「作一些準備。」

所以是什麼東西的準備啊……但艾瑟雅決定不再問。菈恩看起來很專注在畫那些意義不明的塗鴉，既然她的心思不在這裡，那問再多次也得不到想要的答案。

艾瑟雅的視線回到黑髮男子的側臉上。

心中再次覺得，那張臉和記憶中的一模一樣。

她來到這個世界十九年左右，主觀上度過的時間可能更長一點。而在這當中，她與他一起度過的時間只有短短兩個月。

放眼整個人生，兩個月連百分之一都不到。在這段短暫的時光中，她始終以含有警戒、興趣、期待、羨慕……以及混雜其他多種情感的眼神注視著他。

「說起來，菈恩，為什麼只有妳比較晚到啊？聽娜芙德說妳突然有急事什麼的。」

「……對，嗯，就是……」菈恩不知為何支支吾吾了起來。「市府、軍方和貴族為了該如何處理先前事件的戰歿者遺體而發生一些爭執。雖然我沒有干涉的立場，但他們還是來徵詢我的意見。」

遺體。

應該是某個具有特殊政治意義的人過世了吧。

「已經處理完了嗎？」

「由於該遺體遭竊，就沒有下文了。」

菈恩這麼答道，並停下畫塗鴉的手，瞥了艾瑟雅一眼。

「艾瑟雅，妳是不是興致有點高昂？」

「呀嗚！」

她嚇得肩膀抖跳了一下。

「從剛才開始，妳就不斷重複著看向他又收回視線的動作。現在是因為被娜芙德獨占了才有辦法克制住，其實妳很想立刻哭著撲上去吧？」

「沒啦，這該怎麼說呢……」

不對，這不太一樣，我並不是想要撒嬌，只是抱著懷念的心情看著他而已，更何況我們已經不是小孩子了而技官並沒有變老所以彼此外貌等各方面都不像以前有差距要是現在對他撒嬌那畫面也太不像樣了——

她把這些話用力吞了回去。

「……搞不好會受到他的溫柔對待啊。」

「嗯，這有什麼問題嗎？」

「問題太多了啦。哈哈，我稍微能體會珂朵莉當時的心情了。如果現在被他當成小孩子對待的話，我可能真的會變回小孩子。我如今的立場是要擔負起責任的，變成那樣就糟了吧？」

菈恩不發一語。

如今的艾瑟雅，這位已經長大的二等相當武官，她很清楚身為一個大人要擔負的責任有多重。

「我深深覺得，妳果然是個紀律嚴謹的人呢。」

「呀哈哈……」

她只能回以苦笑。

菈恩托露可站起身，突如其來的強風吹得她的髮絲高高揚起。

「那麼，我差不多該走了。」

「嗯？走去哪？」

「五年前，我和那個男人之間也有很多事情沒解決。就算他本人不記得，或者實質上已經是不同人都無所謂。既然又見了面，那就沒有不挑戰他的道理。」

「……菈恩？」

艾瑟雅不安地喊了她一聲，但她恐怕聽不進去。

她凝起銳利的目光，看向黑髮男子。

「娜芙德閃開，小心受傷！」

她打了個響指。

剛才畫在地上的圖案開始發光。

「啊。」

艾瑟雅的腦海中浮現出一個詞彙。

咒蹟（Thaumaturgy）。

相傳這是創造世界的諸神之力殘留在世上的最後一抹餘香。按理說，這是在地表滅亡之際就和人族一同消失的知識與技術體系。

「欸，等等，菈恩，妳該不會！」

「首先是見面禮！」

如同發下命令的菈恩所示，太古奧祕在此匯聚成形。

未擾動大氣的颶風——直接轟下連城牆都會粉碎的破壞漩渦，一邊無情地刨刮周圍的地面，一邊從訓練場上呼嘯而過。

†

伴隨驚天動地的爆炸聲，訓練場的　角被轟掉了。

彷彿打開什麼開關似的，菈恩托露可「嘻嘻嘻嘻嘻」地笑著往前走去。

「混帳，妳想殺了我嗎！」娜芙德叫道。

不知為何毫髮無傷的黑髮男子依然沉默著，一臉麻煩地搖了搖頭。

緹亞忒從宿舍二樓通道的窗戶遙望著訓練場的情況，並嘆了口氣。

那個人似乎是來到妖精倉庫之前的威廉，以及從這裡出走之前的費奧多爾的混合體。

……雖然這種事很莫名其妙，但因為已經有菈琪旭的前例，所以緹亞忒勉強能接受一個不知是威廉還是費奧多爾的人物存在於這裡的現實。

問題在這之後。

該怎麼說好呢，她並不像學姊們一樣想要接近他。

對於威廉，嗯，她承認自己相當喜歡他。稍微長大一點後，她便明白他過去對一群無法無天的小鬼們有多溫柔；寵著她們的同時也不忘管束，最重要的是引導她們前進。在多少有些成長的現在，他的所作所為都令她很尊敬，想要從他身上學習各種事物，想為他臨死之際的事情道歉，想要哭著抱住他。這不僅是為了自己，也為了菈琪旭。

對於費奧多爾，先不管是喜歡還是討厭…………她確實想再見他一面。想跟他抱怨，用拳頭全力揍他的臉，再揪住他的領口不斷來回搖晃，這些都是事實。

然而，他不是他們。

那個黑髮男子體內的威廉，似乎遠在來到妖精倉庫前，是正處於地表滅亡時期的他。

而跟他融合在一起的費奧多爾，似乎記憶只到還沒從科里拿第爾契市出走的時候，也就是菈琪旭倒下後不久。

那個威廉，不是她認識的威廉。

那個費奧多爾，她雖然認識……但還是覺得不一樣。

她想要抱怨的對象，是妖精兵緹亞忒的敵人兼朋友，彼此擁有共同珍視之人，時而發生衝突、時而攜手合作的費奧多爾。沒有經歷過這些的費奧多爾，就算戴著那張溫柔面具出現在她面前，她也不想再重新跟他傾訴些什麼。

「唉。」

這種複雜的心境就這樣拉開彼此的距離，導致她現在只能在這棟建築物裡，遙望著那個男人和學姊們打打鬧鬧（附近災情慘重）。

「緹亞忒妳怎麼了，季節性憂鬱嗎？」

潘麗寶無聲無息地突然在她眼前冒了出來。

她已經習以為常了，並沒有被嚇到，只是伸手推了推她。

「沒有啦，應該不是那樣。」

「嗯？」

潘麗寶眨眨眼，順從地退開。

「心在彼方啊……嗯嗯，有一種青春少女的感覺，真令人羨慕呢。」

「什麼啦——」

明明年紀差不多，竟說得好像跟自己無關一樣——她原本想這麼反駁，但不知為何話一出口就沒了底氣，終究沒說到最後。

3. 再次相見了嗎？

可蓉的視線移向右邊。

「遞交客人想要的東西，準備客人需要的商品，這是做生意的鐵則，也是最低限度的尊嚴。」

接著，她把視線移向左邊。

「並不是所有客人都清楚自己想要什麼呀。遞交客人可能需要的東西，準備可以討客人歡心的商品，這才是做生意的訣竅、最低限度的尊嚴。」

她再次看向右邊。

「那來談談商品的品質。你說要強行推銷粗劣的商品，就得用多餘的揣測和渲染來包裝，吸引一大批沒察覺到自己拿到的消息有多不純的客人。是要多瞧不起客人才有辦法幹這種勾當啊？」

她又看向左邊。

「商品的品質是吧？你說要強行推銷令人費解的商品，那就只推銷給可以理解的客人，也就是不把消息賣給不符資格的人，那些人就帶著無知乾等下去……你這種說法未免也太傲慢了吧？」

從剛才開始一直都是這樣。

她的右邊是納克斯．賽爾卓上等兵，左邊則是之前自稱是貝爾托特．席斐爾的狐徵族。兩人見面稍微聊幾句後，一知道彼此都從事「販賣情報的生意」，便一直爭論不休。

「兩位。」

她看準時機，打斷他們沒完沒了的爭論。

「你們怎麼會在兵舍？」

「當然是因為——」

他們同時看了對方一眼。

「我的話，該怎麼說好呢。」納克斯撓了撓臉頰。「我本來打算把歐黛帶到總團長室就立刻走人，結果他說需要一個眼力好的人，我正想逃的時候就被抓了回來。他還說我之前逃跑的事情可以當作休假來處理，反正我也沒其他事要做，就先復職一陣子看看嘍。」

「至於我的話……」貝爾托特傾著腦袋。「……大概是送迷路的人回來就順便留下了吧。我早猜到那位小夥子是特大新聞題材，卻沒料到是小姑娘們的熟人呢。」

貝爾托特一邊嘀咕著，一邊整理快歪掉的帽子。

可蓉仍然看著左邊。

「你打算把那傢伙的情報賣給別人嗎？」

「我也拿不定主意。」

他摩娑著鬍子。

「英雄們仰慕的神祕男子，究竟是何方神聖……不過，就憑這點程度大概也找不到買家就是了。要捏造事實寫成毫無根據的新聞是可以，但沒辦法賣個好價錢。若是能再多了解一點他的來歷——」

「他是人類。」

「——什麼？」

可蓉一臉事不關己地說：

「既是人類，也是〈獸〉，而體內另外一半的墮鬼族是軍人，也是叛徒。」

貝爾托特的狐狸臉歪了歪，臉上清楚寫著：「這傢伙在說什麼鬼？」

納克斯也是同一張表情，但聽到「墮鬼族」的時候眉毛微微上揚。

「這些全都是機密情報，你想賣嗎？」

「哈哈。」

貝爾托特笑了笑。

「妳這麼一說，我就不會輕舉妄動了。哎呀，不管哪間報社都不會信。」

「我可沒有騙你喔。」

「要凡夫俗子思考事情的真假太過困難了，我們可管不了這麼多。能否讓人吸收後拿來當話題，感覺自己對事情有所了解，這對我們而言才是『真』，反之就是『假』。」

「你想的事情很艱深耶。」

「貼近民眾的心就是我們情報小販最自豪的嘛。」

她瞥了眼納克斯，只見他唇角微微抽動，一副有話想說的模樣。

「不過……既然如此，那我再叨擾下去也沒有賺頭。我差不多該告辭了。」

「這麼急著走嗎？」

「對啊，家人還在等我。」

總覺得——有哪裡不太對勁，但又說不上來。

可蓉沒有深究，只是點了點頭。畢竟本來就沒有非得留下他不可的動機。

「注意安全啊。」

「我會小心。等哪天有什麼方便寫的情報，我會再次拜訪的。替我向那位身為人類、〈獸〉、墮鬼族、軍人和叛徒的小夥子問好。」

貝爾托特拉低帽子遮住眼睛，稍微行了一禮便離開。

納克斯用有些複雜的表情目送他的背影。

「怎麼了？」

可蓉轉頭詢問。

「……沒事，就是覺得他的樣子有點怪。」

「嗯？」

看來不是只有她覺得不對勁。可蓉有一種類似心安的感覺，不過想了一下還是想不通那最關鍵的異樣感究竟從何而來。

「家人——家人嗎……」

此時傳出一道轟響，像是書櫃倒下來撒了一地的東西。

不遠處，一抹天藍色仰面跌在地上，仔細一看才發現那是一名嬌小的妖精幼童。

「莉艾兒！」

情況一目了然。這個最喜歡惡作劇、高處以及搖搖欲墜的刺激感的孩子，又毅然實行了她那莽撞的攀爬計畫。

「喂！不是跟妳說很多次很危險，不能亂爬嗎！」

可蓉把幾年前自己做過的事情全力拋到一邊，如此訓斥著莉艾兒。要是被同輩以上的妖精或妮戈蘭聽到，一定會回她一句：「妳有資格說別人嗎？」

結果莉艾兒並沒有哭泣或膽怯，而是一臉茫然。

妖精不懼死亡。她們既不怕受傷，也不會事後想起可能會受傷而感到戰慄。若是成長到一定的歲數，學會對「生」抱有執念之後，這種情況似乎多少會發生變化——然而，至少剛來到世上不久的莉艾兒還沒有那樣的變化。

可蓉放心地深吁一口氣，緊緊抱住莉艾兒。

「真是的……妳最近不是在睡覺，就是在闖禍耶。」

唔～？

可蓉難得發牢騷，但莉艾兒當然聽不進去。她不斷揮動雙手像是在說：「放開我！」

而且她的手裡還緊緊抓著什麼。

那是藍色的蠟筆。

這麼說來，確實有一套全色蠟筆放在書櫃的上半部。

「妳是想要這個嗎？」

可蓉邊問邊鬆開手臂——莉艾兒立刻轉身跑到房間角落，拿著蠟筆對塗鴉用紙沙沙地畫了起來。藍色轉眼間就在白紙上擴散開來。

「——唉唉，不會有問題吧？這裡面有很貴的書嗎？」

納克斯開始整理散落在地上的書，可蓉也在稍遲過後跟他一起收拾殘局。

蠟筆沙沙地摩擦白紙，正描繪著什麼。

那是一名天藍色長髮的少女，靜靜地躺在空無一物的灰色荒野上。

†

纖細的指尖在男子的肌膚上爬動。

「——真是完美啊。」

菈恩托露可低喃似的脫口輕聲說道。

這句話大概不是對任何人說的，但如此近距離之下，就算不想聽也聽得一清二楚。

「是喔。」

他別過臉，也嘟囔似的回道。

就算心臟已經停止跳動，寄宿在這具身體的精神終究是年輕男子，也就是正值十六歲的威廉．克梅修，以及十六歲的費奧多爾．傑斯曼。兩個人都急於掌控自己的人生而無暇分神，與其說在異性關係上沒那麼駕輕就熟，倒不如說人生至今沒怎麼思考過異性關係。因此，光是年輕女性將臉湊近，就能在他們心中掀起波瀾。

沒心跳的話，表情也不會有變。也就是說，內心的動搖不會流露出來，這一點倒是值得感激。他若無其事地抽身退開。

菈恩托露可略顯遺憾地收回手指。

「確實是完美的詛咒，纖細卻又頑強。儘管整體上很單純，但細節精密入微。這真的是瑟尼歐里斯所為嗎？」

「正是瑟尼歐里斯所為，任何事物都模仿不來啊。」

他一邊說著，一邊整理敞開的襯衫。

「……看來宣稱是最強遺跡兵器還太過小看它了啊。這等力量根本不是其他遺跡兵器能夠比擬強弱優劣的。」

「沒必要想得這麼認真啦。」

即便是在從前的地表上，瑟尼歐里斯的地位也和現在沒有差別，幾乎沒人在意它的本質，只管稱它為最強聖劍。

反正就是那樣的武器。

能殺死對手的武器很強，能準確無誤地殺死對手的武器即為最強。對於大多數人而言這樣就足夠了，不需要更多解析。

「如何，有辦法解咒嗎？」

他會這麼問只是想刁難一下。

內心期待聽到「不可能有辦法」這樣的回答。

「要花很多時間。」

結果她給了一個不可思議的答案。

「由於整體構造很單純，如果要解咒，順序本身採取正攻法應該沒問題。不過用正攻法就不能指望在縮短時間上有劃時代的突破了。要讓詛咒完全失效的話，最快也要……」

她的視線游移了一下。

「……大概兩百年吧。」

的確只能說，這要花很多時間。

「我真不知道該感嘆瑟尼歐里斯的厲害，還是佩服妳這個史旺的愛徒。」

「每個人的時間本來就是有限的，所以這依然是實質上不可能的事情。你就算佩服我也沒用。」

「『實質上不可能』就很夠了吧？光是製作得出通往終點的地圖，就是理論上可能了。將不可能化為可能的最有效方法，那便是提出新論點證明事實上並非不可能。就算今後的技術會更加進步或出現改革性的發想，如果沒有最初的地圖，這一切就不會開始。」

「講這種歪理也是沒用的。」

菈恩托露可無言似的嘆了口氣。

這個女子似乎總是一臉不開心的模樣。他所不知道的威廉．克梅修究竟經歷了多慘的遭遇？他突然有點好奇，但也沒有非得知道不可，所以他決定不再多問。

「不過，就算可以解咒，也還是不要做比較好吧？如果不保持屍體狀態，我就會變成

〈獸〉四處作亂吧？何況現在又還沒找到瑟尼歐里斯的候補使用者。」

「這……的確沒錯。」

「妳用不著露出那種表情。死人終究是死人，屍體終究是屍體，已完結的故事終究是已完結的故事。打亂秩序是不會有好結果的。」

一陣短暫沉默後，菈恩托露可輕聲笑了笑。

「怎麼了？」

「沒什麼，就是覺得怎麼偏偏是你說出這番話。」

「什麼意思啊？」

「已逝之神的夢，連屍身都沒有的死靈（Ghost），這就是我們。而能讓理應完結的妖精故事繼續延續下去的不是別人，就是威廉．克梅修二等技官。」

「……喔。」

原來是這樣。

他所不知道的威廉．克梅修，真的做了那樣的行為嗎？

這確實非常了不起。他應該是歷經一番煎熬後，才作下了如此決斷吧。儘管跟自己無關，但畢竟是同一人所做的事情，這個推測應該錯不了。

「這樣的話……那麼，我很抱歉……？」

「嘻嘻。」

這一瞬間，他第一次看到菈恩托露可開心的笑容。

「雖然我有千言萬語想說，也很長一段時間都困在煩悶的情緒裡，但已經無所謂了。看到你那張表情，我覺得心裡暢快了一點，而且……」

她大概沒有發現自己正愉快地晃著手指，同時追擊似的繼續說道：

「我們都一路配合你那愚蠢的任性到現在了，接下來無論我們想做什麼，你都願意在一旁默默關注吧？」

該怎麼說好呢，呃，嗯。她果然是性格惡劣的女人。

「出了什麼事嗎？」

「為什麼這麼問？」

「妳說得意味深長，讓人想不在意都不行啊。難道妳們接下來打算做的事，會讓我無法在一旁默默關注嗎？」

「……誰曉得呢。」

菈恩托露可彎起眼眸，嘴角微微上揚。

「既然總團長和艾瑟雅都還在保密，我總不能說出來吧？所以這是祕密。」

這是要吊他胃口嗎？

果真是性格惡劣的女人啊──他再次琢磨了一遍幾秒前得出的結論。

†

「從剛才開始就到處都有震盪的聲音呢。」

娜芙德循著聲音回頭一看，並如此嘀咕著。

「畢竟島上才剛經歷過劇烈的搖晃而已啊，很多地方都變得很容易坍塌吧。」

潘麗寶隨口答道。

她伸出右手，拿起紙堆最上面的紙。

稍微瀏覽過內容後，便丟到左邊的紙堆上。

這些都是城內寫給救島英雄的大量信件，包括演講邀約、粉絲信、自傳出版邀約以及情書等。不曉得外頭是怎麼亂傳的，還有人寫信表示可以把女兒許配給英雄。

這些並不是非讀不可的信，況且護翼軍從來沒有公開說明過妖精兵的存在。只是傳聞擅自傳開，相信傳聞的人擅自寫信過來而已，沒有道理要理會他們，只不過——

（就算這樣也不忍心完全無視啊。）

潘麗寶是這麼想的。

這是她自己一時興起，所以就沒叫可蓉和緹亞忒一起看。而從以前就公認相當隨性的娜芙德突然在這時候出現，於是兩人便閒聊了起來。

「大量東西損壞，正是大量重建的好時機，社會朝著未來慢慢進步不是很好嗎？」

「……嗯，要這麼解讀也可以。」

娜芙德有點敷衍地同意了潘麗寶的話。

「別管這個了。說起那位老兄，我五年前只見過他和珂朵莉搭檔時的樣子。」

娜芙德半空攔截潘麗寶丟出去的信件，一邊瀏覽內容一邊說道：

「唔，該怎麼說呢，印象中他老是在傻笑，又很愛裝熟。」

「傻笑？」

「對，傻笑。雖然沒有弱點，但看起來並不強。不過現在回想起來，我當時和他的實力就是差了那麼一大截吧，而且只有我沒看過他戰鬥的模樣。那場**最終決戰**也是，只有我負責看家。運勢這種東西真是不公平啊～」

「……是這樣嗎？」

潘麗寶同樣沒有參與到娜芙德所說的最終決戰，她也為此感到遺憾。然而，要說她會不會羨慕當時正好在場的緹亞忒和菈琪旭……答案是不會。

「所以說，我認識的他是來到妖精倉庫之後的技官，而現在那個嚴肅陰沉的人有一半是來到妖精倉庫之前的威廉吧？感覺就不是同一人啊。妳們也太厲害了，竟然能讓一個人變這麼多。」

是這樣沒錯。

那個地方的確有很多人值得「太厲害了」這個評價，像是妮戈蘭、艾瑟雅・麥傑・瓦爾卡里斯和奈芙蓮・盧可・印薩尼亞。

——以及珂朵莉・諾塔・瑟尼歐里斯。

「我並不否定這個評價，不過我的印象和妳不太一樣。」

娜芙德依然面朝著信件，只將視線轉回她身上。

「嗯？怎麼說？」

「他本來就是一個開朗、溫厚、溫柔無比又帶點壞心眼的平凡青年。至少就我所知，不論是以前，還是和費奧多爾融合在一起的現在，這一點都沒有變過。」

「是嗎？不過……」

「一個人受重傷的時候，是沒有辦法保持如常的。」

「……嗯，也對。」

「我想他需要撫慰。這可能是某個人的職責，也可能只能交由時間來淡化。但最困難的是，現在的他應該不想這麼做，另外就是——」

「他的情況實在太難以理解，而且我們連這種情況能維持多久都不知道吧？」

「沒錯。」

潘麗寶點了點頭。

「難得有機會，本來還想試試看所謂的盡孝道……可惜事與願違。」

「原來如此，盡孝道啊。」

娜芙德像是聽到什麼有趣的話，複述了那幾個字。

「果然有意思啊，那位老兄和妳都是。」

「唔，為什麼要把我算進去？」

「誰知道呢，這問題妳自己想吧。」

娜芙德將幾張信件一把丟在桌上，賊兮兮地笑了笑。

4. 迎向終結的日子

妮戈蘭很沮喪。

也許是逞口舌之快，她一時衝動就講了很過分的話。

——的確，你已經不是他們兩人當中的任何一個了。

——無論是威廉還是費奧多爾，都絕對不會說出這種話。

講這種話幾乎像是在遷怒。

從頭到尾都是她擅自抱予期待，又擅自認定遭到背叛而發脾氣。從對方的角度來看，應該會覺得很受不了吧。

她自我厭惡地嘆了口氣，戳了戳在懷中睡覺的莉艾兒臉頰。軟呼呼的。

雖然她來這座懸浮島有很大的因素是要探望剛打完一仗的緹亞忒等人，但那算是順便，本來的目的是要帶走莉艾兒。她已經和其他孩子見過面，也成功讓莉艾兒待在自己懷中，照理說現在就可以回妖精倉庫（考慮到看家的孩子們，還是立刻回去比較好）。

「總覺得現在好像有點忙亂呢……？」

她把莉艾兒輕輕放在據說是第五師團工兵精心製作的藤編搖籃裡。

接著，她抬頭看窗外的天空，回憶在這裡見到的各種事物。

威廉（雖然已經不是那個威廉）當然占了很大的因素。他的登場絕對讓大家陷入了混亂，原本的計畫都被打散了。

然而，她覺得不止如此而已。

妮戈蘭照顧妖精們這麼久可不是浪得虛名的。如果她們藏有心事，她有時候還是看得出來她們有所隱瞞。尤其是她們作好覺悟應對艱難的戰鬥時，更是別想瞞過她。

她有股不妙的感覺。

「妮戈蘭。」

她聽到呼喚聲而轉過頭，便發現門悄悄打開，菈恩托露可站在外面——以及從她背後探出頭的緹亞忒。

「我有點事想告訴妳，現在有空嗎？」

「這個……」

妮戈蘭垂眸瞥向莉艾兒。她的鼻息很平穩。

「暫時應該沒問題。」

「那麼，往這邊來吧。我不太想讓別人聽到這件事。」

啊啊——

一股類似暈眩的感覺襲來，妮戈蘭穩了穩身子。

那當然不是暈眩，只是意識死角被精準地鑽到空子所產生的驚惶感。人類抑或是人類以外的生物，若是不去思考就會下意識忽略的事情從正面直擊過來，就會感到不知所措。

「我也可以聽嗎？」

緹亞忒一邊用手指微微捲著髮尾，一邊這麼問道。

「妳想知道吧？那我就不會瞞著妳。雖然聽完可能會後悔就是了。」

「唔。」

「之後要不要告訴可蓉和潘麗寶，則由妳自己決定。無論如何，請儘量不要把事情傳出去。」

妮戈蘭似乎聽到了緹亞忒吞嚥口水的聲音。

†

既然這裡是軍方設施，理所當然有好幾間設有防諜措施的房間。如果談話內容不想被別人聽到，辦理手續借其中一間來用是最省事又牢靠的方法。

然而，菈恩托露可不想辦理手續留下「曾與人密談」的紀錄。她們一邊確認周遭沒有其他人的氣息，一邊走進第七預備倉庫旁邊的暴風森林。

即便豎起耳朵傾聽，也只聽得到樹葉聲、水聲和她們的腳步聲。視野的廣度剛剛好，有人接近應該立刻就能察覺。

「太、太慎重了吧？」

菈恩托露可對困惑的妮戈蘭露出意味深長的笑容，開始娓娓道來。

她說的是關於這個世界的事。

二號懸浮島，那個神聖不可侵犯的聖域遭到封鎖。

諸神（竟然真的存在！）將二號懸浮島凍結起來的同時，也無法再發揮守護或曾守護過懸浮大陸群的力量。

此外——成為不死者的奈芙蓮如今正支撐著這份重擔。然而，想當然地，她也撐不了多久。

「騙人……」

妮戈蘭的聲音在顫抖。

「奈芙蓮……那孩子，一直獨自支撐著這個世界……？」

「比起世界末日，妳更在乎這個嗎？」

「那還用說！」

妖精倉庫的管理員可不容小覷。在每個月都會有妖精在戰場殞命的那段時期，她就已經體會過好幾次世界末日的感覺了。思及那些消亡的孩子，想到她們一定經歷過一番煎熬與痛苦，她就不禁潸然淚下。懸浮大陸群滅亡這種程度的事，那也不過是一次向許多人襲擊而來的災害罷了。

反觀奈芙蓮，她並不是經歷過煎熬與痛苦，而是此刻正在飽受折磨。無論曾經還是今後，這股折磨都會持續下去，直到她的心靈再也堅持不住。

兩者相比孰輕孰重，根本想都不必想。

「……所以，到頭來大家還是要滅亡啊。」

緹亞忒輕聲說著，嗓音聽不出什麼情緒。

「阿爾蜜塔她們好不容易才能健康地活下去啊……唯一慶幸的是大家都在一起，那就不會覺得寂寞了，嗯……」

緹亞忒才剛經歷過被譽為英雄的戰役，贏得了許多勝利。縱使不至於一切努力都是徒勞無功，但終究也只是互相抵銷而已，她不由得感到無力。就在此時——

「……是說，等一下喔，學姊。」

緹亞忒猛然湊近她。

「這件事真的只有這樣嗎？沒有藏著後續？」

「咦？」

妮戈蘭對這件事感到不知所措，菈恩托露可則對學妹的反應感到吃驚。

「難道不是嗎？知道這件事的並不是只有學姊吧？既然這樣，不可能有人知道了卻什麼都不做吧？」

「……或許真的誰也什麼都沒做喔？」

「不可能。」

緹亞忒特意半瞇著眼眸，如此一口咬定。

「這世上有形形色色的人，大家各有不同的考量。如果得知這個世界要毀滅了，一定會有人覺得自己該做點什麼讓世界不會毀滅，或者是覺得自己在世界毀滅前要做點什麼，又或是認為自己可以利用世界毀滅來做點什麼。絕對會出現更多更多想法不同的人，像是費奧——」

緹亞忒把說到一半的人名硬吞了回去。

還不小心咬到舌頭而哀號了一聲。

「嗯……也對。妳說得沒錯，這件事還有後續。只要不擇手段，也不是沒有避免滅亡的方法。」

菈恩托露可還是同一張表情。

「無法維持大陸群是因為地神的力量傳不過來，而地神的力量之所以無法從二號懸浮島出來，是因為在那座島上完全成長起來的〈最後之獸〉還占據著那裡。只要能改變這個情況，便能扭轉滅亡的結局才對。」

「啊……既然如此！」

妮戈蘭的表情開朗了起來。

二號懸浮島是諸神的庭園，只在兒童繪本及奇葩冒險家自傳中出現過——等於一無所悉。她幾乎是第一次聽到真有其地，根本想像不出那是什麼樣的地方。

因此，她也無法想像去那裡解決掉〈獸〉會有多麼困難。不過，她覺得至少可以正面一點，努力說服自己接受「還有對策」的事實。

菈恩托露可淡然地說道：

「這個計畫有很多問題，其中最大的問題，在於二號懸浮島本來就設有極強的結界，就怕在時限前都沒辦法攻破——」

「等一下。」這次是妮戈蘭插嘴說道。「剛才有提到，二號懸浮島的結界是整個懸浮大陸群結界的核心吧？攻破不會有問題嗎？」

「是的，這個當然。」

菈恩托露可微微一笑，妮戈蘭看到她的表情後鬆了口氣，然而——

「當然不會沒有問題。一個不小心可能就變成我們親手葬送大陸群了。」

立刻被打臉了。

「話雖如此，就算結界受損，整個大陸群也不會立刻墜落。若能在發生致命性的事態之前把島內的地神們救出來，應該還是有辦法修補的……這是我的推測。」
「要、要走鋼索的意思嗎？」
「沒錯。就是在快要斷裂的細絲上頂著暴風行走。順道一提，走過去之後有沒有對岸也不能保證。」
「是嗎……」
妮戈蘭的聲音弱下來，然後消失。
「反正就是這麼回事。」
菈恩托露可「啪！」地拍了一下手，驅散沉重的氣氛。
「總之，說到這裡就差不多了。當然目前集結了所有知情者的力量，正在尋找這個情況的破口。已經有人提出解決方法，我們也研議了好幾次。雖然不能抱持樂觀的態度，但也不需要這麼悲觀。」
她的語調很明快。
妮戈蘭還是聽得出來那是謊話，將真相掩蓋在溫柔的話語之下。菈恩托露可應該也有察覺到她識破了自己的謊言。換言之，菈恩托露可是在無聲地懇求她現在只要當作是這樣就好。

「……我明白了，那就交給妳們吧。」

妮戈蘭這麼回道，有一種把自己的心臟用鹽搓揉一番再拿去火烤的心情。

「剛才也有提到，是否要告訴潘麗寶和可蓉就由妳們來決定。這件事已經得到艾瑟雅的同意了，但請記住千萬不能讓消息進一步往外擴散。」

妮戈蘭用眼角餘光看到緹亞忒緩緩點了點頭，而她自己也只能勉強從喉嚨擠出「好的」這句回答。

——周圍沒有任何人的氣息和身影。

即便豎起耳朵傾聽，也只聽得到樹葉聲、水聲和她們的腳步聲。

三人結束密談後，食人鬼和兩名妖精離開這個地方，往兵舍走回去。

「原來是這樣啊。」

理應無人存在的地方傳出了這麼一句話。

並不是她們不夠敏銳，若換作一般跟蹤者，以她們戒備的程度很容易就能識破。然而，她們終究是上戰場的士兵和下廚房的食人鬼，也就只具備相應水準的注意力。

黑髮男子從樹木後方走出來。

如同總團長之前所說，他領到了訪客身分證，而且也跟總團長提醒過的一樣，他受到了監視。直到剛才為止，稍遠處還潛伏著隱匿氣息的上等兵。明明他們應該都沒有受過專業訓練，隱身和追蹤的技術卻也還不差。

儘管如此，那也只是「還不差」的技術而已。

以威廉．克梅修的角度來看，對方沒有比過去在地表大玩你追我跑的殺手們恐怖。再加上還有費奧多爾．傑斯曼的記憶，場所和對手都掌握得一清二楚。他沒有多認真要甩掉對方，但繞過兩、三個倉庫轉角後，背上就感覺不到視線了。

在這個情況下，用同樣的技巧跟蹤菈恩托露可等人是很簡單的事。

「必須攻破二號懸浮島的結界……」

他輕咬大拇指，反覆推敲剛才聽到的內容。

（若用蠻力破壞的話，時間會不夠。而姊姊之前進行過用各種形式迫害懸浮大陸群的計畫。）

威廉．克梅修很了解結界的特性和破壞方法。

費奧多爾．傑斯曼則很清楚歐黛這女人的個性，也知道她直到前陣子為止都在試圖做什麼事情——簡單來說，「破壞懸浮大陸群」乍看確實很像她的終極目標，但那其實只是她為了達成更遠大的目標而採取的手段。他認同這種作法的確很有她的風格。

兩種記憶與思維讓男子很快得出一個結論。

（為了守護世界而破壞世界。這種扭曲的正攻法倒是很像姊姊會得出的結論。帝國那幫看起來像權貴的傢伙之所以從前幾天就在這裡轉來轉去，便是她為了實行破壞計畫而選中的幫手吧。）

他想起菈恩托露可先前說出的挑釁話語。

她說，不管她們接下來想做什麼，他都只要在一旁默默關注就好。

這當然不用她提醒，他本來就有這個打算。他在這裡是完全的局外人，沒有道義和義務做任何事。無論她們打算做什麼，他都沒有干涉的理由。

明明就如此決定了，然而——

（啊啊，可惡。）

他用力撓著頭，力勁大得彷彿不抓破頭皮不罷休。

自己的腦袋在想什麼？自己的內心在渴求著什麼？他已經連這種最根本的問題都搞不清楚，整個人都要瘋了。

†

那個**幼童**又一次站在昏暗的沙原上。

倒在面前的，還是和之前誤入這裡時一樣；傷痕累累的淒慘屍骸，以及佇立在屍骸旁邊，有著藍髮少女外觀的半透明物體。

沒有變化，不如說這裡從一開始就不會有變化。所謂的死亡，本應就是如此。

——唔。

幼童和之前一樣拉扯半透明物體的臉頰，然而——

叮！

——嗯？

幼童停手，看向另一端。

似乎聽到了什麼聲音。

像是輕輕敲擊音叉所發出的微弱聲響。

幼童歪著頭，稍微思考了一下。

那邊好像有什麼東西。

那個東西好像在呼喚著自己。

那好像會是很開心的事情。

——唔！

對幼童而言，世界充滿未知的事物。用眼睛看，用手觸碰，就是接觸那些未知事物的方法。這是理所當然的道理。

因此，疑問浮現也就意味著結論出現。

去看看吧。

幼童在沙原上跑了起來。

——啊。

幼童回頭看了一眼。

屍骸和半透明物體依然停留在原地。

幼童思索了一會兒，再次朝前方奔去。

奔往（自己認為）聲音傳出的方向。
奔往不知道有什麼事物等著自己的方向。

5. 沒有故鄉的獸

有一種心情，叫做想要回故鄉。

即便那裡沒有人在，也沒有留下任何東西。

大部分移居外島的三十九號懸浮島出身者都是這麼想的。那裡遭到〈獸〉肆虐而什麼都不剩的消息已經傳開了。但是，大地本身理應還存在。既然如此，開墾那片大地培育土壤，像過去那樣耕作不也可以嗎？就算不能讓原本的事物復甦，但在同一個地方找回新的事物不也可以嗎？

（——這究竟是執著於過去，還是描繪著未來；是消極，還是積極，無論如何都實在不好判斷啊。）

一片昏暗之中。

將近十個獸人擠在中型飛空艇的一間窄室裡。

每個人都不吭一聲，掩藏氣息潛伏著。

三十九號懸浮島脫離了〈獸〉的威脅。

與三十八號懸浮島的接觸也已結束，兩座島開始重新拉開距離。

然而，護翼軍尚未解除封鎖。他們表示：「還沒有確認安全無虞。」軍方的飛空艇仍停駐在附近，拒絕一般人靠近。

這很合乎道理。直到前幾天為止，充滿謎團的〈獸〉還覆蓋著地表，儘管已經驅除掉了，但並沒有確認過每一個角落。哪怕是只殘留著〈獸〉的碎片也相當致命。會將接觸到的東西同化後吞噬的〈第十七獸〉，有可能再次於三十九號島成長起來。

這部分的情況已經公諸大眾。雖然全面隱匿〈最後之獸〉的相關資訊，但周邊懸浮島的居民都知道不能接近那裡，因為可能會有危險。

正因如此。

所謂的「可能會有危險」，也意味著可能不會有危險。

之所以不能靠近，是因為護翼軍會進行不當鎮壓。

其實三十九號懸浮島早就安全了，是護翼軍在趁火打劫。

有人如此主張著。幾乎沒有人相信，但還是有一小部分的人跟風附和。平常根本聽都不聽的歪理，卻因為自己想這麼相信而相信了。簡單來說，只要這樣的思考脈絡能夠得出自己期望的結論，這些人便會對真正的道理視而不見。

他們覺得自己可以回去三十九號懸浮島，因為在那裡出生長大的他們有這個權利，而護翼軍的妨礙沒有正當性，無視才是正確作法。沒錯，他們想這麼相信，所以就相信了。

然後，他們展開了行動。

現在是兩座島最接近的狀態，就算沒有長距離飛行的手段，也有辦法折返於兩島之間。尤其是從這邊過去的時候，由於三十九號懸浮島的位置較低，只要從稍高一點的地方跳下去就行了。當然一定要準備軟著陸或滑翔等手段，不過僱用有翼族的偷渡業者就能輕鬆解決這個問題。

儘管護翼軍守備森嚴，但他們的注意力主要集中在外部天空，具體來說就是停駐在近空的帝國飛空艇。

趁著黃昏的光線較暗，再靠一點運氣幫忙，於是這個嘗試成功了。

三十九號懸浮島出身者一個接一個地降落在故土上。

「啊……啊啊……」

他們紛紛發出分不清是感動還是慟哭的聲音。

再次站在本應不能回來的地方所產生的喜悅，以及一切真的都已消失的事實再次攤在眼前所產生的悲傷。

在回到家鄉的八個人背後——

（嗯，這也很正常就是了……）

中年男性狐徵族心不在焉地望著這幅情景。

男人目前自稱是自由記者貝爾托特．席斐爾。刺探民眾可能想要的資訊，稍加潤飾後賣給報社……他以此為生計，賺取每天的吃飯錢。

（那麼，接下來該工作了。）

雖然他混在偷渡者之中來到了這裡，但他並不是來懷念故鄉的——至少男人自己如此認為。

從三十八號懸浮島就看得出這座懸浮島已然一片光禿。無論是樹木、街貌還是居民，一切都遭到黑紫色水晶（Crovance）吞噬而消失，只剩下似乎不會被水晶侵蝕的冷冰岩肌。住在三十八號島的人都很清楚這些事情，或者應該說都看得很清楚。

然而，有些事情還是要實際來到現場才會有所體悟。更重要的是，和他一樣站在這裡的其他人，只要逐一觀察這些過度思鄉而違反禁令的人有什麼樣的表情，他就能寫出足夠震懾人心的報導。

這裡在過去是被開拓得十分平整的農耕地帶，沒什麼遮蔽物；不過山岳地帶的岩地有非常多可供躲藏的層疊起伏。儘管要繞一點路，但從那裡接近城市並不難，更別說他以前還是在地居民。

（…………）

兩隻腳擅自動了起來。

並不是要追上誰，也不是要準備取材，只是任憑雙腿帶自己到過去城市所在的地方。

他很快就注意到一件事——大部分的石造建築都還維持著比較完整的原形。磚瓦建築雖然保留著一定程度的建材，但大部分都垮得亂七八糟。至於木造建築當然也消失得無影無蹤。

因此，他自然而然就辨識得出現在走的地方在過去是城市的哪一帶。

心中沒有一絲迷茫。

在那之後才過了五年而已，他的雙腿還記得路。

行走在背朝著雙子山的大街，在鐘樓的拐角處轉彎，走過蓋在小河上的橋，避開養著惡犬的宅邸，穿進香菸店和玻璃行之間的小巷。

然後就會看到一間整潔的小公寓。租金是每個月十八帛玳，便宜是最大……應該說是唯一的吸引力。這裡空間小，通風又差，離商店街也很遠，而且住在同一屋簷下的其他住戶全都是酒鬼。

即便是這種地方，對於這個男人——現在自稱是貝爾托特·席斐爾的狐徵族——而言，無庸置疑是一座城堡。

有妻子。

有孩子。

還有一個明確且容易達成的夢想，那就是快點存到錢搬到更好的地方去住。

而這一切，應當都從這裡消失了。

當他正要轉過最後一個拐角之際，視野有一瞬間模糊了起來。

（——嗯？）

不太對勁。

他心想，這是哪裡？

景象沒有任何變化。剛才走過的路、接下來要走的路，看起來也沒有任何變化。但是，有哪裡不太對勁。感覺上像是誤入了景色相同的另一個地方，周遭一切事物似乎突然被替換成舞臺布景。

彷彿是他穿越屏障，不小心闖進了另一個世界。

（難道是累了？不對，是違反自己性格，太過興奮的緣故吧……）

他再次轉過拐角。

照理說，前方什麼都不會有。

照理說，不會有人在那裡等待。

然而，卻有兩道人影。

「啥——」

他心中有一瞬間萌生了驚喜，但隨即打消了這個想法。他沒有天真到會相信有奇蹟發生，也沒有善良到有資格期待奇蹟發生。

事實上，那兩道人影，那兩道看似人影的東西，並不是他的家人。

連肖像都不是。

硬要舉出相似例子的話，大概是人偶吧。用白色黏土捏成軀幹，放上仿造狐狸的頭部，再裝上不一致的四肢使其保持站立的姿勢。一個大小和貝爾托特差不多，另一個約莫再小一半。

「這實在是——」

他想，這是某個人的惡作劇。

儘管他沒有立場說三道四，但這真的太低俗惡劣了。

那個白色物體的腹部有一道縱向的巨大裂痕。

裂痕從內側翻起，露出排列不齊的無數白牙和紅黑色的口腔。那東西噴濺著唾液，並朝狐徵族走近一步。

「噫！」

搞什麼？這是什麼情形？

他拔腿就跑。他好歹也熬過了不少生死關頭，並不會一時驚愕或恐懼就停下動作，即使腦袋混亂也不忘要逃跑。

「那——那到底是什麼鬼東西啊！」

狂奔的同時，他忽然想到一件事。從剛才開始，周圍就太安靜了。

明明有八個期待返鄉的人和自己一起降落在這裡，卻不知為何所有人都分散開來，突然間就被拉進了這座城市。而且，他剛才明明是發出尖叫後逃跑，周圍卻沒有任何氣息。

他想起先前的錯覺。自己彷彿從原本的世界切割出去，然後被關進了一個品味低俗的箱庭世界中。

四肢好沉重。

不知是否因為太過急躁，身體不怎麼聽使喚。

就像是全身都被綁上了秤砣，又像是在水中掙扎。

一種在夢境中不斷兜圈子的感覺——

似乎能聽見遙遠的某處傳來了嬰兒的哭聲。

6. 瑟尼歐里斯的呼喚

我到底是什麼？男子如今又開始思考這個問題。

他不是那個在自己的戰場上奮戰到最後的妖精們的父親——威廉·克梅修。

也不是那個在自己的戰場上奮戰到最後的魔王——費奧多爾·傑斯曼。

在他體內的，只是兩個想守護重要事物卻不慎失敗的可悲傢伙。而他們泣訴過後的殘響，造就了今日的他。

他應該沒辦法像威廉·克梅修那樣振作起來。

也沒辦法像費奧多爾·傑斯曼那樣展開行動。

可能也不會像他們那樣被愛著、被恨著。他就該當個透明的亡靈，隨時消失也沒有人會受到傷害。事到如今，他不能，也不容許自己懷抱任何期望。

既然如此，又該如何消除空虛的內心裡生出的焦躁感？或者說，他該如何接納這股焦躁感？

——這一連串想法本身就相當消極又沒出息，讓他很想揍自己一頓。他知道，他都知道，卻是無能為力。

「唉……真是難堪啊……」

令人笑不出來的是，威廉和費奧多爾也常常哀嘆自身的不堪。體內含有這兩人碎片的他竟也仿效起這樣的行為，真不知是偶然還是必然，抑或是命運女神開的惡劣玩笑。

他再次甩掉監視者，順道踏進某個禁止進入的地方。

這裡是一片黑暗的三號機密倉庫。

用厚布裹得非常緊密的大劍被安置在專用的架子上。

「伊格納雷歐……布爾加特里歐……希斯特里亞和穆爾斯姆奧雷亞……」

他站在這些劍的前面，一把一把地叫出它們的名字。

「卡黛娜、奧拉席翁……呃呃，嗚哇，莫烏爾涅！怎麼連這麼危險的玩意兒都挖出來了啊……」

過去的威廉．克梅修在地表的戰場上碰見許多準勇者。他們及她們的愛劍，此刻都陳列在眼前。

透過費奧多爾的知識，他知道這不是第一次的久別再遇。威廉・克梅修已經在名為妖精倉庫的地方和遺跡兵器……這些聖劍再次相見了。

儘管如此，以當事人的感覺來說，今天才是第一次的同窗會。

只要看著劍，他就想起好幾個它們的使用者。

並且細細咀嚼著每一個人都已經在五百年前逝去的事實。

「還以為都是一群殺也殺不死的傢伙，太讓我失望了。」

要是他們本人聽到這句話，大概會紛紛回嗆他一句：「你最沒資格講啦。」而令人傷腦筋的是，他沒辦法反駁。

「那麼，再來是……」

他在一把劍的前面停住腳步。

然後轉身面對那把劍，當場坐了下來。

「……看來你還是老樣子啊，瑟尼歐里斯。」

他將手放在胸口的傷痕上泛起苦笑。

「你和以前一樣在擔任『世界上最不幸的人』的搭檔吧？」

地表時期的威廉・克梅修對這把劍的印象不怎麼好。

這是宣稱僅有極少數人才能使用的特殊之劍。它只願意讓那種被世上一切事物所拋棄，簡直像是把全世界的下下籤都抽完的人使用。

他一直覺得，僅僅是被這把劍選中，就好像整個人生及一切幸福都遭到否定似的。

只有瑟尼歐里斯希望能獲得幸福的人，才能握住它的劍柄。

他的腦海中浮現幾張臉孔。尼爾斯．D．佛利拿、黎拉．亞斯普萊、菈琪旭．尼克思．瑟尼歐里斯（在費奧多爾的記憶中）。

「啊……還有那個叫珂朵莉的女孩吧？」

他抱著奇怪的感覺唸出這個名字。

聽說她是威廉．克梅修——在地表不曾有過正經傳聞的威廉．克梅修——在這片天空相戀的對象。儘管他沒有相關記憶，實質上是別人的事情，但還是會感到好奇。不知道她是怎樣的女孩子。端莊優雅？成熟穩重？還是值得依靠……

啊，不過，有一點是可以斷定的。

她絕對是個很好的女孩。

畢竟，瑟尼歐里斯認她為主了。

畢竟，光是唸出她的名字，胸口就毫無來由地變得如此疼痛。

「……呼。」

該走了。

這裡不適合久留，而且把監視兵甩掉這麼久也不好意思。思及此，他準備站起身——

鏘！

耳邊傳來像是輕輕敲擊音叉所發出的微弱聲響。

「嗯？」

他循著聲音傳出的方向看過去。

那是瑟尼歐里斯。

劍的外觀沒有任何變化。這是當然的。即使它在聖劍中非常特別，蘊藏超乎常識的力量，但沒有使用者就什麼都做不到。劍身不會閃閃發光，也不會把誰變成屍體。

然而，剛才那聲音是……

「你是怎麼了——」

直到他不抱期待地試圖詢問瑟尼歐里斯的瞬間，這才終於察覺到。

機密倉庫裡，有另一股不屬於他的氣息。

那股氣息太過縹緲，感覺不太到其中的意志，但確實是**存在**於這裡的某人氣息。

（對方靠得這麼近我都沒發現，屍體還真是遲鈍啊！）

那麼，現在遇到了一點危機。既然能如此巧妙地藏起意志，想必對方是個相當不得了的高手。如果這樣的高手是敵人，而他目前是處於完全被動的位置，狀況實在不太妙。

首先，他該放棄無傷逃脫的打算。只能作好要承受一點傷害的心理準備，先以一招牽制住對方，再趁機調整雙方間距。

作下這個判斷的同時，他雷速轉身，抬手到脖子的高度使出一記虎爪——

——他停下了手的動作。

「唔。」

啪答——

依然沒有聲響、意志和氣息。

對方靠近後，直接一鼻子撞在男人的側腹上。

「啊。」

這個情況完全不在他的預料內，連帶戰意都一掃而空。他困惑地往下一看，便見到澄淨的天藍色頭髮。

（啊……）

這一瞬間，費奧多爾．傑斯曼的記憶輕輕轉動起來。

站在那裡的，是一個眼睛彷彿注視著彼方的年幼孩子。

棉花糖。不對……

「莉艾兒……」

從男子的嘴唇艱澀地吐出這個小孩的名字。

在三號機密倉庫裡，四周都被陳列的聖劍包圍起來的正中央。

不該出現在這裡的小不點妖精，現在正把鼻尖埋在男子的側腹上。

他不想被她察覺到自己體內有費奧多爾的記憶，不想她在自己身上找到父親的影子。

他耗費了幾秒在這樣的膽怯上。

情況不太對勁。

「莉艾兒？」

他拉開她。

一條長長的鼻涕連接著襯衫和她的臉。

莉艾兒沒有反應。她眼神呆滯，沒有看著他，而是心不在焉地尋找著什麼似的，在虛空中游移不定。

「唔……」

「莉艾兒！」

他輕拍她的臉頰。

雖然反應不大，但她終於有了變化。只見她的眼神變成迷迷糊糊的惺忪睡眼，環視周遭後嘟囔了一句：「這是哪裡……」

「妳啊……」

他鬆了口氣，抱起莉艾兒。

「別讓人操心啦。呃，不是說我，是其他妖精。我一點也不擔心喔，畢竟我和妳是初次見面的陌生人。不對，總而言之，身邊有會擔心妳的家人是很幸福的事，妳可要好好珍惜，知道嗎？」

莉艾兒沒有回應。儘管在男子懷中，她的目光依然四處游移著。

是在找什麼東西吧。

又或者，有什麼東西在呼喚著她。

「————不會吧。」

他轉過頭。

映入眼簾的，是蘊藏偏離常識的不合理力量的極位古聖劍——瑟尼歐里斯。

他想起剛才聽到的神祕聲響。他不曉得那是什麼，又意味著什麼。只不過若要斷定和出現在這裡的莉艾兒沒有關聯的話，目前還太欠缺依據。

「我們走吧。」

他抱著莉艾兒站起身。

莉艾兒仍是一臉茫然，不作任何抵抗——

刺耳的鐘聲響起。

「……聯絡鐘？」

借助費奧多爾的知識後，男子喃喃說道。

只有必須緊急向整個基地傳遞消息時才會敲響聯絡鐘。比起之前聽到的鐘聲，這次相對平緩，重複著三拍與一拍的節奏。

這個鐘聲要告訴大家的是——

「近空可能發生交戰，保持警戒狀態待命……？」

周遭開始掀起一片騷動。

士兵們忙碌地跑來跑去，下達命令與聯絡的聲音此起彼落。

——啊啊，原來是這樣啊。

男子漫不經心地想著。

又要開戰了。那群女孩子要拿著劍赴往戰場，只留給他們遙不可及的背影。

「啊啊！找到你了可疑的傢伙！」

剛才被甩掉的監視兵慌慌張張地衝過來。

「我找你找了好久啊為什麼要在這種麻煩的時期給人添麻煩呢請你認清地點和狀況還有你自己的立場緊急狀態非同尋常現在已經夠忙亂的了你那對小耳朵應該也有聽到鐘聲吧那表示局勢正在逐漸惡化——那是什麼？」

士兵低頭看著他抱在胸前的累贅，困惑地游移著視線。

累贅本人正發出徐徐的呼吸聲，睡得很香甜。

「交給你了。把她帶去監護人那裡。」

「咦？呃，你要去哪？」

「有個想去的地方。」

他快步離去。

「請等一下你的身分是客人不能隨便走動更何況現在是緊急狀態你必須儘快前往安全的地方這一點你應該清楚——」

「嗯，沒錯，你說得很有道理。」

他置若罔聞，轉進最近的倉庫拐角消失得無影無蹤。

「啊啊——！」

背後傳來分不清是哀號還是怒吼的叫聲，他稍微加快腳步走向目的地。

7. 選空計畫

相關人員齊聚第一作戰室。

這裡是沒有窗戶的地下室，出入口只有一個，也沒有相鄰的房間。

大得令人好奇怎麼搬進來的作戰桌上現在什麼也沒有——平時會擺著萊耶爾市的詳細市區地圖，一攤開就占滿整個桌面。

「我不想聽到『糟透了』這幾個字。感傷和自省都留待之後再說，請各位迅速交換必要的情報。」

修弗切羽將軍——帝國軍的圓潤巨鴞如此表示。

當然，這個方針本身用不著特地說，在場所有人都希望如此。現在沒有閒工夫在那邊互相推卸或分擔責任。

「……有很多事情要開誠布公，但請不要逾越先前的連翼證明書的契約範圍。」

聽到被甲族的開場白，修弗用埋在羽毛裡的脖子點了點頭，答了句：「了解。」

「雖然有些是根據情況所作的推測，不過護翼軍目前掌握到的事情經過是這樣：有九名三十九號懸浮島出身者瞞過警備人員的耳日，約莫於兩個小時前偷渡上島了。後來沒多久，我們在三十九號懸浮島原本的港灣區塊附近發現了中等規模的結界。從外面看是複層式構造，但當然不是我們設置的，形狀也差很多。」

「說重點就好。」

「本應還在沉睡的〈最後之獸〉醒過來並開始行動了。」

「……我明白了。」

巨鴞重重地點點頭。

「歐黛．岡達卡，這次發現的結界裡，有剛誕生的〈最後之獸〉是嗎？」

「不太對喔。這次發現的結界裡，就是剛誕生的〈最後之獸〉本身。」

歐黛以從容輕快的語氣這麼回答。

「事已至此，只能二擇一了。看是要藉由破壞結界來毀掉那個世界，還是要遵循對付〈獸〉的原則，將它從空中擊落下去。不過，如果採用後者，那似乎只能連同整座懸浮島一併擊落了。」

歐黛微微一笑，然後說：「很簡單易懂吧？」

「所謂的簡單，也代表能出的招有限。」

「省掉迷惘的工夫不是很好嗎？既然選項不多，那就只要選擇成功機率高的方法，不帶一絲躊躇地全力應戰，不是嗎？」

單從字面上來看，這實在是至理名言，一個不小心就會被說服，不可輕忽大意。

「結界內外的進出呢？」

修弗問道。

「尚未確認，但據推測是可以的。」

總團長回答。

「一共有九個結界，每個直徑都在一百卯哩上下，並不大。根據遠距觀測的結果，每個結界都帶有光澤，而且呈現半透明……對了，就像是肥皂水的膜一樣。丟出去的石頭可以貫穿膜，也能用繩子把石頭拉回來。目前還沒有派士兵進去就是了。」

「直接攻擊那個膜，將其破壞掉呢？」

「據推測不可能。從剛才實驗的反應來看，根本連承受子彈或砲彈的實體都沒有。」

現場陷入短暫的沉默。

「這樣啊——」

巨鴞大幅度地轉動脖子，說了句「雖然現在是這種情況」作為引子，再道：

「但我想先聽聽你們對於協助整個『選空計畫』的答覆。」

「現在？」

總團長大叫了一聲，實乃罕見。

「不錯，現今有必要先解決這件事。若要我們處理三十九號懸浮島的問題，必須同意讓我們的飛空艇進入這片天空，也要有護翼的印章。這件事你們可以理解吧？」

儘管被甲族不易被人看出表情，那張臉還是顯而易見地扭曲了起來。

「你們如今失去了戰略艇『蕁麻』，少了我們的協助是沒辦法擊墜三十九號懸浮島的。我有說錯嗎？」

「……這是趁人之危巧取豪奪吧？」

「你要怎麼想都無妨。不過，何謂正道已經很明顯了吧？」

而另一方面，不知是真的還是演的，巨鴞的表情看起來一派輕鬆。

「橫豎都要讓半數的懸浮島墜落下去，否則懸浮大陸群本身就會滅亡。明知如此，你們還是要耗費時間與人力去拯救那座遲早要墜落的懸浮島嗎？那個地方可是一切事物都被掠奪殆盡，一點資源都不剩了喔？」

「這……」

「我們已經決定好未來半年內要親自擊墜的懸浮島。其中有三號、十號、十一號、十四號、十五號、十七號、二十一號、二十二號——」他背誦幾個數字後，接著道：「——而現在只是把三十九號加在這個列表的最前面，僅此而已。」

「………」

這是規模極為龐大的殺戮與破壞的預告。

然而與此同時，這也只是規模極為龐大的合理生存戰略。這是確保不在列表的懸浮島能夠倖存下來的正確行動。

「我們有——對抗〈獸〉的王牌。」

艾瑟雅以生硬的語氣抗辯道：

「只要能以最低限度的時間與人員進行討伐，就沒必要白白削減大地。我們的目的並不是破壞。」

「我耳聞過那個王牌，是妖精兵吧？只要對手可以用物理攻擊來破壞的話，那確實是無敵的戰力。不過，如果對手就是世界的話，你們自豪的遺跡兵器也毫無用武之地吧？」

沒有反駁的餘地。她想抵抗，卻找不到理由與武器。

艾瑟雅只是靜靜地垂下頭。

氣氛沉滯凝重。

「這沒什麼好為難的吧？」

她聽到了那個嗓音。

當然是她認得的嗓音。

艾瑟雅環視屋內，理所當然只有應該在這裡的人。表情有些扭曲的總團長、一臉愣怔的菈恩托露可、臉色很差的銀詰草、蹙著眉的歐黛，以及將脖子轉一圈環視周遭的切羽將軍和他的部下，再來就是——

啊。

他是什麼時候，不對，說到底他是怎麼進來的？只見一個男子靠在牆邊的書櫃上，直到剛才為止他確實都不在這裡才對。

黑髮黑眼，修長的身材給人瘦弱的印象。那是他們非常熟悉的威廉——其前身最後的模樣。

但是，過去的威廉絕不會露出那種表情。

那是內斂、沉穩，卻顯然掩藏著真心的假笑。

「——這究竟是——」

歐黛的聲音罕見地動搖了。

這讓艾瑟雅有一種奇怪的感覺。

無論何時都很冷靜，還總是一副無所不知的這個女人，現在卻慌亂了起來。

這個女人認得威廉·克梅修的臉。她看過奈芙蓮逃出二號懸浮島時搬出來的屍體，而且據說她體內有奈芙蓮的心靈與記憶的碎片，但也就只有這樣而已。她沒有取得後續的消息。她應該沒聽說過屍體會動，更不可能想像得到弟弟費奧多爾的記憶碎片會混在那具屍體裡面。

「你該不會是……」

「現在不是好奇我是誰的時候吧？實際情況到底是怎樣？」

他這句話說得很挑釁。

歐黛斂起內心的動搖，藏在沒有表情的面具下面。

「你難道不明白嗎……？所謂的破壞結界，就是找出核心，查明奧祕，然後拆除掉。」

面對一個未知的敵人，你以為有那麼簡單就能做到嗎？」

男人微微聳了聳肩。

「原來如此。如果這條路有風險就找別條路，妳的計畫便是這樣吧，歐黛・岡達卡？妳最終選擇盡可能確保更多人命的那條路，儘量刪減會被一次戰局左右方向的戰略。」

「這……有什麼不對嗎？」

「我沒說不對啊？」

男子得意地笑著搖搖頭。

「事實上，這是個好方法。即便多少會有些未盡完美之處，還是要確保全體的生存。至於伴隨而來的憎恨，就由自己獨力承擔，這正是魔王該有的風範。哎呀呀，真是學到了一課呢。雖然妳想做的事情反而還比較接近正規勇者就是了。」

「什麼……」

這男人在說些什麼？

而他究竟又打算表達什麼？

不止是歐黛，艾瑟雅也是，在場所有人都無法理解他的話語，更別說他的真正意圖。

「告訴你們一件好事吧。聖劍，啊，就是這裡的英雄們使用的遺跡兵器，它們非常適合用來破壞世界的結界。重點不在性能，而是構造。構成劍的幾十塊護符會直接對世界施加形形色色的負荷，直到世界崩壞為止。以從前人類世界的正統驅魔儀式來說，準勇者可是比和尚更受到崇敬喔。」

這個男人以稍快的語速毫無顧忌地說了這麼多。

「所以說，勝算是有的。在這裡取得一勝，後續做許多事情的時候，不就會變得比較方便嗎？」

他的視線所向並不是歐黛和艾瑟雅。

「沒錯吧，修弗．穆涅爾瓦西亞斯黑銀切羽將軍？」

他直勾勾地看著身為帝國將軍的巨鴞。

「你這是何意？」

「即便是採取與護翼軍共同作戰的形式，現在創下討伐〈獸〉的實績，今後的戰鬥也會有更大的彈性空間吧？」

「你！」

護翼軍第五師團總團長揚起類似哀號的驚呼。

會出現這種反應很合理。畢竟護翼軍以外的武裝集團不得與〈獸〉戰鬥，正是遵循這個原則才需要護翼軍存在，不能隨便破例。也是這個緣故，艾爾畢斯過去才會發生那樣的暴亂。

「憑我等飛翼之力擊墜那座懸浮島也是一樣的吧？」

「你們會被認為是正面迎戰會輸才逃跑的喔。既然今後要對懸浮大陸群的大半島嶼發動侵略戰爭，最好還是注意一下自家軍隊的士氣吧？」

不，不不不。

這是怎樣？哪有這種道理？

艾瑟雅一邊拚命壓下內心的慌亂，一邊掩飾表情。

這個男人的意思是不接受這個提議的話，「理應可以戰勝〈獸〉卻逃跑了」這樣的風評就會在帝國軍中傳開。對於標榜以榮譽為重的帝國軍而言，不可能放任這種事情不管。

更別說接下來要與大半的懸浮大陸群為敵，最終還要攻進諸神的庭園。

「這是威脅嗎？」

他對殺氣騰騰的巨鴞連連擺手，緊接著答道：

「豈敢。這只是一個提議而已，要好好計算一下損益嘛。最起碼老實地撿起從天而降的勝利並不可恥啊。」

巨鴞陷入沉默。先不管受到挑釁而燃起的情緒，計算損益的理智確實沒辦法忽視那男子的話語。而且，身為一名將軍絕對不能感情用事。

這時——男子的視線轉向歐黛。

然後衝著她得意一笑。

「就是這樣，歐黛．岡達卡。」

「你……」

「將犧牲壓到最低來達成目的，為此不惜任何犧牲。我承認妳是正確的，沒打算責難妳，甚至還覺得妳很值得敬佩。奉獻自己的身心來守護世界，簡直是聖人之舉呢。」

「不過呢……」他搖搖頭後接著說：

「看來**我們**都打從心底看不慣那種無私的聖人啊。所以——」

他露出猙獰的笑容。

「——我要阻撓妳。」

「伸手迎向那些日子」
-weight of the weird world-

1. 出擊準備

緹亞忒相當努力。

她滿臉通紅，雙臂抱緊枕頭，連呼吸都停住了。

嘴巴也只有不時「呼、呼」地溢出類似換氣的聲音，始終忍著沒有發出更多聲音。

「……妳把肌肉繃得這麼緊會減低效果的。稍微放鬆一點力氣，放輕鬆懂嗎？」

「懂個鬼啦！」

隨著怒罵聲，枕頭砸到了他臉上。

可蓉不爭氣地癱軟了下來。

她就像是暖爐上的起司那般軟趴趴的，曬太陽的小貓都沒她那麼誇張。她的手腳失去力氣，感覺像是沒了骨頭，整個人澈底脫力，彷彿會直接從床上流下來。

「哎呀，這個……實在是……太舒服了啦……」

她的聲音虛弱無力，像是半夢半醒間的囈語。

看來她相當沉浸在其中。進入後半療程的時候，她還真的墜入了夢鄉，呼吸平穩地沉沉睡去。

至於潘麗寶，該怎麼說好呢，活潑到近乎聒噪。

「啊，再往右一點，對，哎呀過頭了，對對對這邊用力一點，嗯……唔，不錯，這樣還滿舒服的，啊啊如果你能稍微換個角度就太感謝了，不是這樣，而是要按進內側的感覺，啊不對不對，就剛才那個地方再多按一點，用力，對就是用力，不是啦——」

從頭到尾都是這種感覺。

†

這是在為魔力中毒的人進行應急治療。

如同魔力是死者之力的這種說法，那是與生命力相反的玩意兒。催發魔力來使用就是讓自己的身體更加接近死者。萬一力量失控當然不必多說，即便能完美地控制魔力，也會讓身體離健康愈來愈遠。若是輕症還能靠自然治癒，但反覆進行長期戰鬥或連續戰鬥，會給身體留下病根，即使隔一段時間也難以恢復。

對於過去在地表戰鬥的準勇者來說，這是很嚴重的問題。所以威廉和身邊的軍醫（強行）學到了這招治療方法。

雖然他本人沒有記憶，但他從前似乎在菈恩托露可等人遭逢激戰時露過一手。於是，他現在被要求在這裡為緹亞忒她們提供同樣的療程。

接下來要面臨一場大戰，所以要做好一切能做的事情以備齊戰力。而她們親身體驗過這個療程的效果，預計這次也能和過去一樣提升戰力，甚至提升得更多，因此沒有理由不這麼做。

他本來還打算拒絕，但才說了一句「話是這麼說」——

「你不是要阻撓歐黛．岡達卡嗎？」

菈恩托露可臉上帶著燦爛的笑容，語氣卻毫無笑意。

「那就該作好一切準備，對吧？」

被她散發的不明壓力打斷後，他一句話也說不出來。

「哦哦，身體好輕耶。」

「輕飄飄的呢。」

「嗚嗚嗚……嗚嗚嗚……」

潘麗寶轉動著肩膀，可蓉在原地蹦來蹦去，緹亞忒則抱著枕頭縮成一團。

魔力的流動非常仰賴血液循環。若要治療魔力淤塞，在滿足其他各種條件的同時，也必須調整血液循環，所以要用手指給予刺激，揉開僵硬的肌肉，讓血流安定下來——但在旁人眼中這不過就是在按摩，被治療的本人也會感受到類似按摩的效果。

「妳們三個都沒什麼嚴重的病根，這次就只是稍微舒展一下而已，畢竟硬是治療健康的身體也沒有好處。」

「這還只是稍微而已嗎！」

潘麗寶很震驚，而在她斜後方的娜芙德不知為何露出凝望遠方的眼神嘀咕道：「沒錯、沒錯，要是來真的可不是開玩笑的，整個人都要飄起來了。」

「……這還真是……呃……好壯烈呢……？」

艾瑟雅深受震撼似的喃喃說道：

「我很清楚你有各式各樣莫名其妙的才藝，但沒想到還有這種祕密絕技啊，技官。」

技官這個稱呼讓他聽了渾身不對勁，也有一點不愉快。

艾瑟雅應該也發現了，不過……這種事也沒必要特地訂正，她決定不去理會。

「我倒是有點訝異妳是第一次看到。難道在那個什麼妖精倉庫的時候，威廉．克梅修沒用過這個特技嗎？」

「這個嘛，我是知道技官似乎藏著壓箱寶，但感覺像是和珂朵莉之間的祕密，我就沒有深究了。所以說，這是我第一次實際見識到……菈恩她們也體驗過讓我有點意外啊。」

「嗯，是啊。」

菈恩托露可若無其事地接口說：

「我明明嚴正拒絕他這麼做，卻還是被他強制按倒了。」

這句話實在很容易引起誤會。

艾瑟雅「嗚哇！」一聲，相當刻意地用手遮住嘴巴。

「注意一下措詞好嗎？」

「我說的是事實。」

菈恩托露可表情紋絲未動地淡定說道。

看來這個叫做菈恩托露可的女子相當討厭過去的威廉．克梅修二等技官。

「……應該不止是療效絕佳的按摩吧？」

「光是療效絕佳的按摩就很了不起了，但當然不止如此而已。魔力導致的身體不適在經過療程後會明顯地大幅緩解。」

潘麗寶和可蓉看向菈恩托露可。

緹亞忒依然把臉埋在枕頭裡不肯出來。

「五年前，我和娜芙德透過實戰確認過了。儘管承認這件事有些不甘心，但多虧那次治療，我們那天才有辦法奮戰到最後，所以我可以為效果做擔保。」

菈恩托露可依然用若無其事的表情如此說明著。

「喔……那真的很厲害耶。」

「確實很厲害。那麼，接下來要請妳親自體驗一番。」

「喔……呃，咦？我嗎？」

艾瑟雅滿臉錯愕。

「別別別，我都不算戰力了，也不會上前線，更何況我早就催發不了魔力，根本不會魔力中毒啊！」

「一碼歸一碼。妳以前總是在勉強自己，做一下檢查也並非毫無意義。」

「別別別別，就算我的身體稍微健康了一點，那也跟對上〈獸〉的戰役沒有直接關係吧！再說菈恩妳們這次要參戰的話，還是妳們先請吧。」

「我們之後也會請他治療，所以只是順序問題而已啦。」

她們不知為何爭執了起來。

「等一下，呃，我真的不需要啦，喂，給我等一下！」

「很囉嗦耶，妳就認命吧！一旦作好覺悟就會輕鬆不少喔？」

「別再垂死掙扎了啦！」

「就是說啊，只要每個人都體驗一次就能有共通話題了。」

「妳們都是敵人啊！」

艾瑟雅發出慘叫，淚汪汪地被抬到了床上。

「唉……」

那個置身在暴風圈中心的男人沒有參與話題（也插不上話），一邊開合著拳頭舒緩手指的疲勞，一邊發了一句牢騷說：

「要對女性的身體做這種事實在不太好意思啊。」

話語剛落——

「那你把我們當什麼了！」

緹亞忒把手上的枕頭當砲彈丟出去，直接命中他的臉。

「威廉多爾你這樣講就不對了。」

枕頭從他臉上緩緩滑落，而在前方，只見潘麗寶沒來由地露出凝重的表情，深深地點了點頭。

†

好好珍惜女人。男人絕對避不開她們。

很久以前，威廉．克梅修的師父曾這麼說道。

當時年幼不成熟的少年很難接受這句話。畢竟身邊就有一個年齡相仿的少女是他怎麼也不想輸的對象。因此，他感情用事地抗拒，不願相信這句話。

在經過一段很長的時間——主觀上是幾年，客觀上是幾百年——過後，男子懷抱著略微苦澀的感傷接受了這件事。

「真熱鬧啊。」

他硬是用一句話概括了剛才自己所置身的喧囂。

少女們在他身上尋求著什麼，他並沒有遲鈍到無法理解。

她們是孤苦無依的靈魂，沒有家人這個概念的孩子。所以，她們只是在尋求一個歸屬，渴望有人允許她們存在於這裡。

沒有歸屬的男子與尋求歸屬的少女們。身處妖精倉庫的威廉·克梅修，對她們而言正是這樣的存在。

清脆的金屬聲響徹屋子。

如同夜空的無數光點——散發光芒的金屬片固定在屋內的空中。

他用觸媒石輕觸用作兵器核心的水晶片。小小的衝擊化為光芒，經由無數咒力線在金屬片之間流竄，連續響起「叮叮叮叮叮咚」的高亢金屬音。

男人手中只有遺跡兵器的劍柄，構成劍身的金屬片各自變回護符，散布在屋內如星星般閃耀光芒。

「——用起來實在很不順手啊。」

若要將遺跡兵器，也就是過去的聖劍切換成可調整的狀態，原本的作法就是像這樣輕微激發觸媒石來使用。

這不是威廉喜歡的方法——他比較喜歡用自己催發的魔力當觸媒——但方法還是記得的。而且，已經死亡的身體無法催發魔力，無論喜好如何也沒有選擇的餘地。

叮叮叮叮咚，光芒流洩四散，彈奏著樂音迸發開來。

他並不討厭這種聲音，但總有一種匆忙倉促的感覺，彷彿自己被聲音強拉著進行調整一樣。

「不過……只要能調整成功，這些都無所謂就是了。」

他悠哉地碎唸著，繼續製造聲響。叮叮叮叮咚。

很多礦石都能當觸媒石，但在懸浮大陸群比較容易取得的只有用以點亮燈晶石的低純度雷石。用這種東西進行調整只能算是簡單的應急補修，不過他的技術本來就沒辦法做到更多，所以也沒必要計較這個。

背後，屋子外面傳來輪椅轉動的聲響，熟悉的氣息隨之靠近。

門緩緩地被推開。

「感覺身體如何？」

男人沒有回頭，就這樣背對著對方問道。

「喔……感覺輕飄飄的……好像在棉花糖裡游泳一樣。」

艾瑟雅來到他身邊。

「這種形容還真是夢幻啊。」

大概是聽他這麼說後，自己也覺得很孩子氣，於是艾瑟雅難為情地咳了一聲。

「做完療程後我才知道，重點不是被碰觸身體很害羞，而是把自己交出去這件事很可怕。因為只有在真正信賴的對象面前才能放心交出自己，這種表現出信賴的態度很令人羞恥，像是被迫坦承內心的感受。」

所以菈恩的那個態度才讓我有些意外——艾瑟雅低聲補充道。

「不過，總結來說心情上是舒服的。只有心情就是了。」

「那真是太好了。」

這是從前在地表上針對人類冒險者發展起來的急救方法，而且確實已經失傳，是彌足珍貴的技術。不過，不論是作為理論還是一項技術都沒有多特別，倒是在這片天空獨立發展起來的醫術還更加先進。

這本來就是只有慰藉作用的療程，而且可以起到慰藉作用就十分足夠了。

「所以，這就是……」

艾瑟雅環顧四周。

「……傳說中的……遺跡兵器的分解嗎？」

「怎麼，妳竟然知道啊？我聽說這是早已失傳的技術。」

「從珂朵莉那裡聽過一點。她當時跟我炫耀說在星空下開了一場只有兩個人的演奏會，臉上還止不住地傻笑。」

那是什麼鬼？

「星空下的演奏會啊？我可看不出這種事有這麼浪漫。」

「那年紀總是會對閃亮亮的事物抱著憧憬嘛，我猜。」

他小小地噗哧了一聲。

「你幹麼？」

「沒事，只是以前的威廉．克梅修身邊可沒這種類型的人啊。」

「哦？」

「大部分都是些很強勢的傢伙啊。老愛逞強，或者說太習慣逞強，導致連自己的真心都迷失了。」

艾瑟雅又「喔」了一聲，但聲音比剛才更低沉一點。

「怎麼了？」

「沒什麼。只是發現原來技官從以前就是這樣。」

「什麼意思啊？」

「就是說，你對於那些愛逞強的人而言，是一個歸宿。」

「這又是什麼意思啊？」

——簡直莫名其妙。

他想當作是自己無法理解的事情。

叮叮叮叮咚。一道格外響亮的金屬音打斷他們兩人的對話。

「然後呢？」

「啊？」

「啊個頭，妳不是有事情要講才特地來這裡的嗎？那個作戰應該有什麼進展吧？」

「喔，對，就是這件事。我們收到了帝國那邊的要求和通知。」

到底為什麼會變成這樣呢——艾瑟雅又嘀咕了一句，不知從哪裡拿出帝國格式的簡易書信揮了揮。

「他們同意這個作戰，但條件是我們必須答應部隊編制方面的要求。具體來說，就是護翼軍提供三名妖精兵和一名顧問共四名，奧爾蘭多提供一名特殊財務審計師，貴翼帝國提供兩名禮儀工作員和一名指揮官。現場指揮權要交給最後提到的這名指揮官，緊急情況下兩名禮儀工作員的立場相當於副官，可進行指揮。」

艾瑟雅「呀哈哈」地笑了。

「主導權完全落在對方手裡了呢。不過，這畢竟是無視他們的意願強行推動的作戰，他們會這麼要求很合理。」

「嗯，只能依他們了吧。何況在這個情況下，這也不是多嚴重的問題。」

「意思是？」

「簡單來說，帝國那邊也想改變現在的狀況，沒有閒工夫扯後腿。」

他聳了聳肩。

「說得更詳細一點，那就是從帝國的角度來看，這種狀況有兩條路可以走。第一條是正面交戰，取得〈最後之獸〉的情資；第二條則是破壞懸浮島，此後就會擁有一張與護翼軍交涉的最強手牌。兩個都是風險極高但收益也極高的選擇，而他們經過一番苦思後，原本打算選擇後者。」

「……結果半路殺出了技官。在大半風險都由護翼軍承擔的狀態下要他們重新考慮前者，他們便會再度嘗試蒐集〈最後之獸〉的情資，是嗎？」

「為達這個目的，他們會把有能力的人才派過來，並重視旗下專家的建議──即便這裡還有我這種可疑人士存在。這次作戰本來就無須在乎功過，這樣就夠了吧？」

艾瑟雅「唉～」地長嘆一口氣。

「說起來都是你大放厥詞啊。說什麼只要有遺跡兵器，〈最後之獸〉根本就不是對手之類的。」

「我可沒有扯得那麼誇張啊。」

但他不否認大致上是如此。

「那麼，我們談點實際的吧。勝算有多少？」

「不知道。畢竟那的確是未知的對手，雖然聖劍對惡魔很有效並不是騙人的，但虛張聲勢的成分居多。」

艾瑟雅的目光很冷。

「技官的劣根性和費奧多爾的腹黑聯合起來了啊……？我還真是有一點同情帝國那些人呢。」

「不要說得那麼難聽，這叫理性和效率。」

「你這種說法也很有那兩人合體的感覺……」

他覺得這樣的評價並不光彩，但這個想法本身就是對自己的侮辱；不過他並沒有必須捍衛的尊嚴，更重要的是一旦開始思考自身存在就會沒完沒了。

「不，我是真的沒有說謊。要想破壞結界的核心，用護符去砸確實是最有效的。不過，如果物理攻擊對核心有用，那帶火藥槍或炸藥過去可能更省事就是了。」

「也就是說，你是特意要讓那些孩子鋌而走險吧？強行把妖精兵送到原本不需要她們戰鬥的戰場上，就因為你認為這樣更有利。」

「可以這麼說吧。」

「這是威廉・克梅修二等咒器技官從前不願見到的。他看不慣妖精兵不得不上戰場這件事。」

——唉。

又提起那傢伙了啊。

「妳是對於我和妳最喜歡的技官持不同意見感到不滿嗎？」

「和不滿有點不一樣。真要說的話，應該是不安吧。」

「這又沒有多大的區別。撇除融合在一起的費奧多爾不看，我和那位二等咒器技官大人最大的差別只有一個。」

「是什麼？」

「有沒有活下去的理由。」

縱使只是推測，但他很肯定。

地表滅亡後，那傢伙在天上復活，度過行屍走肉一般的時光，遇到名叫珂朵莉的女孩子，與妖精們一起生活，找到自己的歸屬，成為他人的歸屬，理所當然地活在當下，理所當然地渴望明天的到來。

那傢伙應該相信：自己與心愛人們一定會迎來和今天差不多的明天——想必那是非常幸福的一件事。

只不過，現在的他並非如此。

因為現在的他所期望的，不是降臨在自己身上的明天。

「……啊。」

將差點陷入哲學性考究的思緒盡數斬斷，像是威廉和費奧多爾合而為一的男子用指背彈了一下遺跡兵器的劍柄。

聖劍解除調整狀態。四散的護符緩緩回到原先的位置，放棄個別的護符性能，混在一起統合成一個性能，恢復作為聖劍的威容與力量。

「帕捷姆。」

艾瑟雅低聲唸出這把劍的名字。

「這把劍也放在倉庫，就和其他劍一起做了維護。它的契合者是誰？」

「呃……並沒有。現在沒有人和它契合。」

「是嗎？那就好。」

艾瑟雅皺起眉。

「什麼意思？」

「這把劍代表的是戰場的希望。儘管聽來諷刺，但它的真正價值只能在瀕臨絕望的戰場上發揮，除此以外不需要它。等到敵我雙方屍橫遍野，經歷過背叛、拋棄、憎恨和被恨之後，這把劍才能派上用場。」

帕捷姆，記得在古語中是「和平」的意思。

遭逢鬥爭之際才為人所需要，而在實際獲得安寧後就被忘記、忽視。由於被當作這一類的東西，便取了這樣的名字。

「這把劍在倉庫長灰塵實乃萬幸。但願它一直沉睡，等待可能來臨的登場時機。」

「是……這樣嗎？」

艾瑟雅怔怔地望著帕捷姆。

那是看不出情緒的呆滯眼神，並非憤怒、喜悅和空虛，但也全都很相似。艾瑟雅·麥傑·瓦爾卡里斯和這把劍淵源匪淺一事，至少不在威廉和費奧多爾能夠得知的範圍內。

「……手。」

艾瑟雅抬頭看他。

「嗯？」

「我可以……碰你的手嗎？」

「突然問這個幹麼？」

「呃，沒什麼特別的理由，就是莫名想碰一下。」

「……喔，可以啊。」

他伸出左手。

一個溫暖又柔軟的東西包覆住似的碰觸它。

「好涼啊。」

她動作輕柔，像是在觸摸壞掉的東西。

「畢竟已經死了啊。」

「我記得技官好像本來體溫就不高。」

「可能是血液循環很差的笨蛋吧。」

「你是故意要跟我唱反調是吧。」

他的手被按在艾瑟雅的臉頰上。

「嗯，果然很涼。」

她似乎在確認什麼。

「那段時間沒有什麼肢體接觸……沒辦法和回憶中的手相比。雖然我不想認為當時的自己作了錯誤的選擇，但一碼歸一碼……還是有一點點後悔啊。」

「我才不想被人拿來比較好嗎？」

「我知道。所以這只是我的任性而已。」

他咂嘴一聲。

「呀哈哈。」艾瑟雅有些落寞地笑了笑，接著放開男人的手說道：

「今天這樣或許也能成為日後的回憶呢。」

「誰曉得。」

男人用不感興趣的語調隨便答道。

當然，他內心是明白的。若要將這段時光當作回憶的話，首先必須有能夠把今天當作過去的未來。艾瑟雅想問的，是他對於未來的看法。

——要回想多少過往都可以，想必今後也能繼續累積更多回憶。

——而那些製造回憶的時間，是妳們今後要靠自己努力爭取的。

這些話浮現於腦海，但他沒能說出口。

2. 歐黛對於時限的推測

再次關回牢房後──

這女人看起來就像個囚犯。她事實上當然是囚犯，這個印象並非不合理，但還是會忍不住這麼想。

這女人一直以來都活得很自由，即使被關進狹窄的牢房裡，她也堅信自己是自由的。不論身在何處，她都有出手干涉任何事物的自信。

也或者，這不過是她獨有的一套演技──但不管怎樣，現在這女人已經不再散發出任何確信與自信。

「應該──撐不了多久吧。」

歐黛．岡達卡無力地搖了搖頭。

果然是這樣──男子在心中暗自說道。他內心的聲音並非預感、推測或直覺，但與歐黛的結論是一致的。

「妳為什麼這麼認為？」

「因為費奧多爾已經死了。」

女人簡潔又淡然地答道：

「在墮鬼族瞳力的影響下融合起來的心靈，會隨著死亡而獲得解放，並且無視距離回到原本的地方。不過，你是科里拿第爾契市那天的深夜從棺材甦醒的吧？」

沒錯。根據妮戈蘭的診斷，男子現在的自我是藉由費奧多爾的瞳力將兩個人格混合起來形成的。

然而，光是這個推論無法說明時間差。

「──也就是說……」

他平靜地回道：

「我的存在只是餘波──妳是這個意思吧？」

「對。滯留在費奧多爾體內的〈獸〉的魂魄體，在他死亡的同時回到了你的屍體中。當時的衝擊撼動了殘留在你體內的兩個人格，才會像是復活似的重新動起來。」

她的眼神──只有眼神產生些微動搖。

「死人那如同平靜水面的心，被質量巨大的東西狠狠砸中。而那個瞬間激起的波紋，就是你現在的精神——我猜的。」

「一瞬間激盪周遭，然後終究會消散嗎？」

「這就要看你自己了。你若是想要撐久一點，那就不要去碰那些剛恢復的記憶。別去想威廉·克梅修二等技官的事情，不要跟他扯上關係，逃得遠遠的，就可以撐比較長的一段時間。」

「要是我不逃呢？」

「那應該撐不了幾天吧。」

嗯，他想也是。

等時限到了，只會剩下兩具平淡無奇的屍體。不對，威廉的屍體其實是不死之身，而費奧多爾據說是假死狀態，說成平淡無奇對這世上所有屍體太失禮了。

「你不打算逃吧？」

「現在本來就是多出來的時間，而且我已經找到事情做了。」

「就是之前說的要阻撓我吧？」

歐黛再次露出傻眼的模樣，詢問他的具體作法。

「你應該知道這不是短時間內就能解決的問題吧?就算你真的把三十八號島的〈獸〉

解決掉也無法根絕問題。還是一樣必須找機會破壞掉二號懸浮島的結界。」

「喔——也對，這的確是頭痛之處。」

他用手指揉了揉太陽穴。

「不過，在時限之前總會想到辦法的。」

「……是嗎？」

歐黛沒有責備，只是輕輕點了點頭。

「**看來你是不打算說自己已經發現了吧**。」

「我不懂妳在說什麼。」

他用裝糊塗的表情隨口說道——

緊接著他斂起臉色，倚在關起來的鐵門上，稍微加重語氣說道：

「我說過了吧，我會阻撓妳。我不會讓妳藉由這胡鬧的計畫成為魔王，也不會讓妳把性命押在胡鬧的賭局上。」

歐黛淡淡一笑。

「你真是壞心腸啊。」

「很多人都這麼說。」

「是指地表的勇者？還是我弟弟？」

「不好意思，兩個都是。」

男子答完，從倚著的門板上起身。

該說的都說完了，距離實行作戰的時間也不多了。他對在屋內一隅監視他們對話的武官說：「結束了。」而武官點了點頭，拿出鐵門的鑰匙。

「再見。妳這陣子就在這裡休息一下吧——」

他揮了揮手，準備離開牢房。

「——喔，對了。最後能問妳一個問題嗎？」

他轉頭問道。

「什麼問題？」

「費奧多爾以前一直很在意的問題，但沒機會問。」

「鋪陳太長了吧，到底要問什麼？」

「『姊夫是怎麼跟姊姊求婚的？』這樣。」

一陣稍長的沉默。

歐黛噗哧一笑。

「真無言。是怎樣？這就是最後的問題嗎？」

「有什麼關係？畢竟他記掛這個問題很久了，妳就當作餞別禮回答我吧。」

反正她一定會撒謊吧。不過這樣也沒什麼不好，他本就沒打算挖出每件事情的真相。

既然如此，他為什麼要問呢？其實他自己也不知道。

（一時興起——大概是這樣吧。）

他得出這個結論，然後等待答案。

果不其然，歐黛孩子氣地吐出舌頭回道：

「我才不告訴你。」

武官把門打開，鑽了出去。

隨著一道撼動下腹部的轟響，鐵門再度關閉。

†

獨自留在監獄後——歐黛．岡達卡開始思索。

她一路走到了很遠的地方。

她不想因為猶豫而失敗，所以用無情的戒律約束著自己；也不想因為後悔而停下腳步，所以讓自己墮入不容後悔的處境。不回頭，不看腳下，一直前進。

「——是不是已經做得夠多了呢？」

她原本打算就這樣走到最後。

但她發現不犧牲眾多生命的話，這個世界將不復存在。因此，她傷害的人要比任何人都多，背叛的人也要比任何人都多，讓全世界都憎恨自己。這就是她過去和弟弟及其未婚妻所提到的「魔王」理念。她意圖成為形而下的惡之化身，抵銷懸浮大陸群所遭受到的一切傷害。

她曾經嘲笑弟弟不自量力地試圖成為惡人。當然，她明白這也是對她自身的嘲笑。歐黛比她弟弟機靈一點、沉得住氣一點——但她終究只是一介墮鬼族，天生的小惡黨。別說英雄了，連當奸賊的器量都沒有。

所以，如果在這裡結束的話，她也莫可奈何。

此外，沒錯——若她能為這個結局賦予一點意義的話，那將會是非常有價值且划算的決定。畢竟她是個喜歡划算事情的小市民。

胡鬧的賭局。

擁有弟弟記憶的那個人如此評價的選項，現在還留在自己手上。

「不好意思。」

她往門窗外和剛才那名武官搭話，他正跟獄卒們不知在說什麼。

「能不能幫我帶話給艾瑟雅？是很重要的事。」

武官和獄卒們都沒有回話，連反應都沒有。大概是因為這裡關著一個會用言語迷惑人心的墮鬼族，所以嚴禁交流吧。

歐黛認為這樣很沒意思，但畢竟是自己平常素行不良，因此只能放棄。

儘管如此，只要對方聽得到就不成問題。目前這個戰況下，即使不理睬歐黛的發言，也沒辦法無視。

「有辦法幫助奈芙蓮‧盧可‧印薩尼亞。」

不出所料，武官沒有對這句話產生反應。

這沒什麼奇怪的。縱使涉及到的人愈來愈多，懸浮大陸群的現狀依然是機密，不會連階級沒有多高的武官都知道這個名字。不過想當然地，這句話若能傳到艾瑟雅耳中，那就不會只有這種反應了。

「至於幫助她的方法，那個黑瑪瑙小夥子已經告訴我了——這番話請你如實告訴艾瑟雅。她一定明白其中的含義。」

3. 前往終將來臨的最後戰場

岩肌接觸，互相重重磨削。

兩座懸浮島又劇烈地晃動起來。

不過比起第一次衝撞，算不上多大的震動。

此時此刻，萊耶爾市內應該又掀起一片騷亂了吧。建築物出現些微災情，市長抱頭苦惱，人們再度歡欣鼓舞地把酒對飲。

三十九號懸浮島的外緣(Rim)地帶設有簡易兵營。

從這裡可以遠遠望見身為關鍵的那些〈最後之獸〉。粗略的外觀如同回報所述，每個看起來都像是大小不一的巨大肥皂泡泡。

「在靠近市區舊址中心的地方，一共有九處相同的結界。根據觀測班的報告，到目前為止不到半天之內，雖然每個程度都不到一卯哩，但確實在成長。」

簡單來說，這就是那種〈獸〉特有的「侵略」步驟吧。將自己的勢力範圍——等同於自己本身——緩慢但確實地擴大，蠶食外側的世界。

考量到其他〈十七獸〉幾乎都是以純物理手段來摧毀生命，這種作法倒顯得有些迂迴。不過這也呈現出〈最後之獸〉的地位，即便在身為同胞的其他〈獸〉面前，它一樣是破壞者與篡奪者。

兵營充滿緊張與困惑的氛圍。以往對抗〈第六獸〉的時候也好，準備迎戰〈第十一獸〉的時候也罷，護翼軍都備有大量槍砲以靜候敵方攻擊。然而，這次並沒有這麼做。

「以對抗〈獸〉的戰場而言，這還真是相當悠哉啊。」

到目前為止都沒有傳出一聲尖叫或槍響。因此，若有任何人冒出這樣的感想也沒什麼好奇怪的。

†

他接過蛙頭士兵遞來的咖啡。

「這是依照你們種族的口味來泡的喔。」

話雖如此，但不知道有幾分可信度。他注視著木杯幾秒，下定決心後將裡面的液體灌進胃裡。接著，他才想到現在的自己連有沒有胃都不確定，搞不好一不小心就從胸前的洞流出來。不管怎樣，他擔心的這些事都沒有發生，暫且可以放心了。

風勢猛烈，他用手按住凌亂飛揚的頭髮。

有些寒意。儘管他如今連體溫都沒有，不會造成多大的不便；不過，最起碼稱不上舒服。相對地，肚中咖啡的熱度就讓他感到很舒服。

他道聲謝並把杯子還回去，而蛙頭士兵則笑著說：「很好喝吧？」（蛙臉笑起來會兩眼瞪大、嘴角上揚，有點恐怖）然後，他轉頭尋找少女們的身影。

他很快就發現她們了。

在陡峭的斜壁上，很難說是山丘還是懸崖的上頭，她們站成一排看著彼方——大小不一的肥皂泡泡所聚集的方向。

緹亞忒是凝重的表情，可蓉是充滿鬥志的表情，潘麗寶是昏昏欲睡的表情，菈恩托露可是滿不在乎的表情，娜芙德是感到無聊的表情；儘管各有各的表情，她們的視線都朝著相同的方向。

他淡淡一笑。

菈恩托露可注意到他，便垂下視線問道：「怎麼了？」

「沒什麼，妳們這樣一字排開還滿賞心悅目的，早知道就借一臺照相機了。」

「……又不是給人看的，請收起你的想法。」

「是這樣沒錯啦，但妮戈蘭看到應該會非常高興吧？她絕對會裱框掛在牆上。」

「這很羞恥，拜託你別說了。」

她撇過頭去。

「好像有什麼東西。」

潘麗寶用手遮在雙眼上方，瞇起了眼睛。

「那些肥皂泡泡裡有白色的東西在動。」

「是敵人嗎！」

「與其說是敵人，不如說是敵人的一部分吧。那應該是世界結界的居民。根據世界的方向性而有不同的作用，應對方法當然也不同。」

「什麼方向性？」

緹亞忒低聲問道。

「創造出來的世界所具備的目的，以及達成目的的手段。」

他回想過去的記憶——距今沒有多遙遠的那些事。

「若要讓獵物絕望，便使其目睹親密的夥伴死亡；若要讓獵物墮落，便給與寶物或喜歡的異性。那本來是利用脫離現實的夢幻結界所要的伎倆，但畢竟世界法則本身被改寫了，因此手段是要多少有多少。」

「可以打倒它們嗎？」

「視情況而定。如果是藉由鬥爭來觸發心靈侵蝕的話，那就會造成反效果——」

一陣暈眩。

「——嗯？」

「怎麼了？」

「沒事。」

是剛才喝的咖啡造成的嗎？可能裡面摻了怪東西，例如對他們種族的胃無害，但會給這具身體帶來不良影響的藥草等。

（怎麼回事……）

他感覺自己的思考有些遲鈍。

「總之。」

他想，大概是錯覺吧。

或許只是太緊張而導致知覺有點不正常，又或者是這具身體已經臨近偽裝生者行動的極限。

「對付世界結界時，按理要先進行觀察。」

他不再深究，繼續說明：

「比尋找核心更優先的事物，是了解世界是建立在怎樣的核心上。一個恣意創造出來的世界，必定建立在創造者的『世界就應該是如此』這樣的信念上。核心則是那個信念的象徵物。」

「我怎麼覺得，乾脆你一個人衝進去會比較快啊？」

「喂，妳把我當成什麼了啊？」

「方便、強壯，又耐操的壞孩子。」

「妳這傢伙，可別以為直來直往在任何情況下都是一種美德啊……」

伴隨著吐氣，他確實有股異樣感。

「……咦？」

「怎麼了，威廉？」

「沒事，那個……是不是有點怪怪的？」

「你的臉一直都很怪啊。」

「呃，我沒有要瞎扯的意思啦，該怎麼說才好……」

他環視夥伴們的臉龐。

這些都是**和平常一樣**的成員。

「什麼啊，難道我臉上沾了什麼嗎？」

艾米莎．霍鐸溫——外號「爆炸魔」的冒險者還是老樣子，宛如孩子一般毫不收斂驕縱任性的脾氣。

「對異樣感提高警覺是很重要的，尤其是想在藝術與戰鬥之地活久一點的話。」

納維爾特里．提戈扎可——這位冒險者出身的厲害準勇者還是老樣子，用通曉一切的表情說出老成的言論。

「話是這麼說，但我不贊成沒事的時候還頂著一張可怕的臉耶。在人前笑口常開也是我們的工作吧？」

「哥哥你太常笑了，請再多保持一點威嚴！」

「呃，不是啦……應該說，我的個性不適合那樣……」

同為準勇者的奧格朗及哈爾瓦・榮提斯兄妹還是老樣子，看起來感情很融洽。

「怎樣都無所謂啦，可不要弄壞聖劍了喔。你們拿的都是構造複雜的劍，修理起來很麻煩。威廉那把除外。」

艾德蘭朵・埃斯特利德——本來不應出現在前線的聖劍技師，用雙臂環胸的姿勢發著牢騷。

（奇……怪？）

稍遠處還有一臉不快的西爾葛拉穆・莫特、一臉無言地搖著頭的亞內茲・漢森，以及笑嘻嘻的凱亞・高特蘭。

（這種感覺……是怎麼回事？）

男子——

不，是名為威廉・克梅修的少年，在難以言喻的焦躁感驅使之下，猛力按住了自己的胸口。

（好像犯了什麼大錯……第一步就走錯，情況到現在還在持續惡化，卻沒辦法掌握住實際問題的……那種感覺……）

「**爸爸，你怎麼了**？」

他回頭，看到一名黑髮少女正偏頭看著自己。

「愛爾……？為什麼……」

「怎麼啦，我不能來看你嗎？」

「不是，我沒有……這個意思……」

有什麼很不對勁。

有什麼失控了。

現在依然還在失控之中。

「對了……是不是少了誰？」

他又環視了每一張面孔。

「那個白斗篷小不點人呢？他怎麼不在這裡？」

「史旺？他回帝都了呀，難道你忘了嗎？」

是這樣嗎？雖然他現在腦中想不太起來，但既然愛爾梅莉亞都這麼說了，那麼應該沒錯吧。

「那……還有……」

他想不起名字，也想不起長相。

不在這裡的某個人。必須在這裡的某個人。不在這裡一事具有重大意義的某個人。

記得那傢伙……對了。

有一頭烈焰般的紅髮。

彷彿把別人當傻瓜似的壞笑。

與嬌小身軀不相符的巨大聖劍。

無論怎麼伸手都無法觸及，儘管纖細卻又無比遙遠的背影。

「……唔……」

想不起來。

連自己想不起什麼都想不起來。

那明明無庸置疑是很重要的事情。

「爸爸，怎麼了，還好吧？」

在抱著頭的威廉身邊，年幼的孩子們紛紛圍了過來，包括法爾可、瑪爾里絲、戴特洛夫以及赫雷斯。他們都是敬他為父親，和他差了很多歲的養育院後輩。

「是哪裡在痛嗎？」

她一臉擔心地探頭看著他，而這時他才終於察覺到。

兩行眼淚正順著他的臉頰落下。

（為什麼啊……）

他用袖子粗魯地擦掉淚水，新的淚滴又從眼角滾落下來。

抑制不住。

遙遠的某處似乎傳來了嬰兒啼哭的聲音。

†

「來了————！」

娜芙德一喊，幾乎在場所有人瞬間都有所反應。

每個人都催發魔力，喚醒手中的遺跡兵器。

某種白色物體直逼眼前。沒人看見它是如何靠近的，她們與那些肥皂泡泡之間分明沒有任何遮蔽物。

「呿！」

遺跡兵器奧拉席翁是一把剛醒時狀態不太好的劍，不適合用在這種近乎猝不及防的戰鬥上。娜芙德放棄用劍施展第一擊，改為一腳踹在眼前的白色物體上。

那東西毫無抵抗，連在原地撐住的動作都沒有，就這樣正面承受踢擊，飛出了好幾卯哩的距離。

「喂，老兄！這究竟是……」

她轉過頭——

一陣暈眩。

沒有黑髮男子的身影。不對，不止如此，連護翼軍營地都消失了。聚集在那裡的士兵，也就是護翼軍第五師團第四第六聯合隊也不見了。

在這裡的只有妖精們，即娜芙德自己和菈恩托露可，還有緹亞忒、可蓉和潘麗寶三個學妹。

「被奪得先機了。」

菈恩托露可背對著她喃喃說道。

「菈恩，這到底是怎麼一回事啊！」

「就算妳問我，我也沒辦法答得很肯定。」

「沒關係啦，講點什麼吧，妳應該對這個狀況有些頭緒吧！」

「就跟我剛才說的一樣，被奪得先機了。這裡似乎已經是〈最後之獸〉的胎內了。」

「啥！」

再次眺望遠方——那些類似肥皂泡泡的半圓形依然停留在城市舊址一帶。就這一點而言，狀況看起來沒有任何變化。

「〈最後之獸〉會在強大存在的體內以卵的形式出現，並以母體的死為糧食，從屍骸中誕生於世。以這裡來說，就是等同於把整座懸浮島包覆起來的〈第十一獸〉屍骸數量。既然如此，這座懸浮島本身就變成〈最後之獸〉的搖籃也並非不可思議之事。」

「什麼！這樣的話，那些晶光閃閃的東西是什麼啊！」

「我也不清楚——」

白色物體再次出現。雖然只看得出它們憑空滲出，但不管怎樣，面對來襲的敵人，該做的事只有一件。娜芙德低低地架起遺跡兵器，從低處橫向掃過它們的軀體。

「……？」

她的攻擊沒有受到任何阻礙，無論是動作上的抵抗，還是劍尖刺進肉體之際的牴觸感。劍刃輕而易舉地斬斷了白色肉體。

這觸感很奇怪。它們沒有骨骼、內臟，甚至沒有皮與肉的區別，是全身上下都一樣的物質集合體。

（黏土……？）

與此同時，無以名狀的感覺湧上她的心頭。這感覺接近罪惡感，又或者說是失落感。無論如何，一種不太正面的衝動毫無來由地在心中膨脹。

「是精神攻擊，大家留神些！」

儘管嘴上提醒同伴，內心卻又嘲弄自己這句提醒根本起不了作用。精神遠比肉體更難掌控。就連抵禦攻擊這個理所當然的行為，她也不曉得具體來說該怎麼做。

硬要說的話，應該貫徹以理性且符合邏輯的方式來思考。假設敵人（？）在擺弄他們的情感，那就要注意行動的判斷基準不能帶有被擺弄的情感。雖然可能多少會拉低效率，但相較於弄錯戰鬥本身的風險，就不是很重要了——

這時，眼前出現了人影。

那是一瞬之前確實不存在的某個人。

一頭厚重的酒紅色頭髮，過長的瀏海遮住了眼睛。身上穿著樸素的棉衣，打著赤腳。

無論是那站姿還是伸向她的手，都不帶一絲敵意。

「嗨，娜芙德。」

那沙啞的嗓音也飽含對家人的親愛之情。

「看來妳一點也沒變呢。」

那個人伸出手，輕輕地拍了拍她的頭。

娜芙德避不開也逃不掉，只是怔怔地任由她這麼做。

「——羅、娜？」

「是我呀。」

她想到一個名字，那就是羅娜·賽爾希·印薩尼亞，比她們更早一代的黃金妖精兵。契合的劍如同名字就是印薩尼亞，喜歡的食物是起司，討厭的蔬菜是番茄，擅長的樂器是鋼琴。

約莫十年前，她對抗〈第六獸〉時苦戰到險些就要開門。儘管勉強生還下來，但沒過多久便衰弱而死。

「哎喲～娜芙德妳這傢伙，現在長得好高啊～」

羅娜露齒大笑，一邊朝她走過來。

對緹亞忒來說是珂朵莉，對珂朵莉來說是奧露可或杜佳；如果要娜芙德選出一位那樣的存在，她一定會回答羅娜這個名字。娜芙德後來之所以那麼疼愛奈芙蓮，也是因為她繼承了羅娜留下來的聖劍。

然而——

「抱歉。」

道歉的同時，娜芙德壓低身姿，就這樣順勢用手肘撞擊羅娜的胸部。羅娜反射性地作出反應，展現出試圖防禦的動作——然而，一切已經來不及了。娜芙德感受到骨骼碎裂的真實觸感。

羅娜當場承受不住而被打飛出去，一瞬過後，她的樣貌消失了。胸口出現一個大凹陷並倒在地上的是白色人型物體，和剛才斬斷的那些東西一樣。

「果然是這樣。」

原來是這種原理啊——不屑地說完，娜芙德環顧四周，不知何時只剩下她一人。不遠處可以看到菈恩托露可和另外幾個妖精的朦朧身影，彷彿罩著一層霧。她們都正在和似乎在哪裡見過的其他妖精對峙著。

那些傢伙偽裝成死者的模樣。

利用他們的形象，吸引每一個犧牲者靠近。

雖然她不曉得原因——不過據說〈最後之獸〉最終會把整個世界都吞噬殆盡。這種低俗的人偶劇也會以某種形式連結到最終目標之所在吧。

（竟敢瞧不起人。）

「再也見不到某人」是黃金妖精生活中的常態。至少對娜芙德這個世代而言，在過去是很理所當然的事，早就習以為常。對手針對這一點進攻的話，對於身為戰士和兵器的妖精族是一種侮辱。

不用說，習慣歸習慣，與那些別離對象的回憶依然是很敏感的部分。用這種方式來踐踏更是令人加倍不快。

「混帳！」

即使發出怒吼，能做的事情還是很有限，頂多只能去支援目前看得到的妖精同伴。娜芙德蹬地而起，一口氣衝出十卯哩以上的距離——

首先，她朝那個在菈恩托露可面前微笑的妖精揮劍砍去。

4. 捉迷藏

「不好意思，可以分我一點牛奶嗎？」

女食人鬼來到廚房。

莉艾兒的事情早已傳得人盡皆知，對方也明白她想做什麼，因此回了一句「沒問題」後，把她要的牛奶倒進鍋子裡遞給她，接著又指了指爐子，大概是要她自己加熱到適當的溫度。

她心懷感激地借用了調理器具。

「話說回來……」今天負責掌廚的爬蟲族(Reptrace)雙臂環胸。「我是不太了解妖精小孩啦，但她已經不是剛出生的嬰兒了吧？給她吃些生肉之類的儘快長大不好嗎？」

「一般都會這麼想吧？」

妮戈蘭點點頭。她以前也有過類似的想法。

以食人鬼的感覺來說，剛出生就大口吃肉是很理所當然的。其實還是必須等到牙齒長齊能夠咬碎骨頭才行，但那也只需要幾個月的工夫。

然而，不僅是妖精，大部分無徵種都沒有那麼強悍的力量。他們比一般獸人更孱弱。別說小孩子，很多大人也吃不下沒煮熟的肉。

「當然，我的意思並不是她們吃不下別的東西喔，單純只是因為牛奶是那些孩子們的最愛。」

她輕輕晃動鍋子。

「所以要哄她們開心的時候，我第一個就想到熱牛奶。」

得知姊姊們今天全都要上戰場之際，莉艾兒發了一頓脾氣。她本來就不懂戰鬥這檔事，大概只是覺得她們要拋下自己去玩吧。

要說服她是很困難的一件事，結果她們就硬是拋下鬧彆扭的莉艾兒離開了。而哄她開心的任務，就託付給同樣留守的妮戈蘭了。

「原來如此。」

負責掌廚的人一邊笑著，一邊幫她準備木杯。

而後，妮戈蘭端著托盤回到房間。托盤上擺著兩杯冒著熱氣的杯子，一杯當然是給莉艾兒的，另一杯則是妮戈蘭自己的。

「莉艾兒～？」

她向昏暗的室內喊了一聲。

沒有回應。

她環顧凌亂不堪的房內，沒有找到莉艾兒的身影。

「真是的，在跟我玩捉迷藏嗎？」

年幼的妖精經常會這樣。一不高興就找地方躲起來，躲一小段時間後就開心了。她們會忘記自己不高興的原因，注意力都集中在玩遊戲上。

既然如此，那就加入她的遊戲吧。

這個房間是潘麗寶和可蓉的窩，亦即完全不曾整理過，是個絕佳的躲藏地點；例如床底下、櫃子上，以及成堆的換洗衣物下。以莉艾兒的體型來說，應該連衣櫃的抽屜都躲得進去。妮戈蘭老練精明的眼瞳綻放光芒，一眼看穿十六處藏匿地點，從中選出機率較高的四處。

這裡？還是這裡？她先是探頭看了看床底下，又把成堆的換洗衣物整個翻過去——順便放進籃子裡，然後逐一確認抽屜。結果毫無所獲。

她一開始還覺得很順利。捉迷藏的訣竅就是不要太快揭穿藏匿地點，表現得苦惱一點給對方看。即使三、四處地點都是錯的也不打緊，倒不如說這樣是理想的發展。

這裡？還是這裡？大概找到第六處都還是猜錯，她內心慢慢有些不安；超過十處的時候，焦慮感油然而生；直到第十三處，她終於確定了。

莉艾兒不在房內。

妮戈蘭知道她本來就是這樣的孩子，因此並不感到驚訝。像是隨便溜出房間，軍用地各處都有人撞見她，這種令人捏把冷汗的事蹟並不少。緹亞忒說她搞不好是跟在潘麗寶身邊耳濡目染學會了神出鬼沒的本事，潘麗寶則不知為何一臉高興地聲稱：「冤枉啊。」可蓉都笑了。

這次如果和之前一樣是「隨便散個步」的話，那就沒有問題。不對，危險終歸是危險，不會沒有問題，但還不到最糟的情況。只要找到她，然後牢牢地抓回來就沒事了。

眼下最糟的情況是──

妮戈蘭想到了。莉艾兒之前一直對要上戰場的姊姊們說：「不公平。」還鼓著臉頰想追過去。若她那時候要玩捉迷藏的話，會選擇躲在哪裡呢？

妮戈蘭有個不妙的猜測。

†

三十九號懸浮島，護翼軍營地邊緣。

兩座大型營帳下整齊地堆著食物和醫療器材。

其中一個塞滿毛毯的木箱蓋子緩緩地打開。

「哦？」

天藍色的頭髮冒了出來。

接著環顧四周。

「唔……」

莉艾兒歪起腦袋。誰都不在，真奇怪。

剛才確實有某個令她感到懷念的對象在呼喚著她。

周遭很暗，但稍遠處有一線光芒。

營帳的材質是厚實的皮革，能夠隔音隔熱，光也不例外，不過前提當然是入口要關著。如果打開一條縫，外頭的喧鬧聲和陽光就會漏進來。

從陽光的方向，外頭的騷亂——尖叫和槍聲也漏了些許進來。

營帳外，士兵們驚慌地四處奔走。

白色的人型物體從各處湧現，往士兵們靠近。它們沒有敵意，看起來彷彿只是想給懷念的事物一個擁抱。正因如此才令人作嘔，引起生理上的嫌惡感。

槍聲響起好幾次，但光是如此並不能阻止那些人型物體靠近。

也許是這裡離〈最後之獸〉的勢力範圍還有一點距離，又或者是護翼軍士兵的人數太過龐大，人型物體沒有幻化成士兵們記憶中呆人的模樣，維持著宛如黏土的外觀逐漸靠近，同時又遭到拒絕。

莉艾兒聽到外面的喧鬧聲，心想真熱鬧。

她覺得有很多人和樂融融地玩在一起，而且她認識且懷念的對象似乎也在其中。

「……蘋果?菈琪旭？」

她嘗試喊出那兩個懷念的名字，但沒有回應。

腦袋微微一偏。

她從毛毯箱裡爬出來，朝光芒的方向前進。

為了再次見到懷念的對象。

5. 繼承過去的獸

「真是讓我見到了很懷念的面孔啊。」

菈恩托露可微微垂著頭，喃喃說道。

她的臉龐之所以有些泛紅，大概是因為看到了懷念的面孔，差點就被籠絡的緣故吧。

不過，這也在情理之中——娜芙德暗暗想著。不管是誰，心中都會有這樣一個存在……也不需要說得這麼武斷，應該說就算有也不奇怪。

「喂~又發現一個傢伙嘍！」

可蓉奔了過來。她懷中抱著一個壯碩的——大概有可蓉兩倍重的獸人，但步伐絲毫未受影響。

那個獸人是偷渡者。

說到底，就是擅自闖入封鎖區域而引發這次騷亂的其中一人。

「喔~辛苦妳了。是說那傢伙還活著嗎？」

「應該吧！」

可蓉活力十足地答道，然後就這樣扛著重物經過娜芙德等人身邊，往她們身後跑過去。她大概是決定要丟到後方的營帳裡吧。

「〈最後之獸〉本身雖然極度危險，但絕非強大的威脅。」

觀察過情況後，菈恩托露可如此判斷。

「他，或者可能是她吧，只是想被生下來而已。單憑自己這個個體是沒有滿足誕生條件的未成熟生命。正因如此，才被冠以『終將來臨』之名吧——所以它與我們之間無法成立戰鬥。」

「那麼，具體該怎麼應對？」

「把那些被吸收的人全都救出來。只要沒有給它提供記憶的人，〈最後之獸〉理應就沒辦法再模仿任何事物。」

「沒問題。其實原理怎樣都無所謂啦，一開始直接這樣講就行了。」

「藉由說話來確認的過程是必要的！」

——催發魔力進行防禦，似乎對〈最後之獸〉也有一定程度的效用。如此一來，自然由妖精兵來組成營救偷渡者們的實戰部隊。

那些看起來像是肥皂泡泡的結界，是各自將一名偷渡者吸收進去後，創造出小型的箱庭世界。

強行闖進去就知道了——那裡面重現了從偷渡者們的記憶裡讀取到的人們，甚至還有建築、植被和氣候。將他們期望中的往昔世界重新創造出來。

儘管如此，那些世界目前還很脆弱。只要把裡面的偷渡者拉出來，結界就會真的如同肥皂泡泡一般迸開消散。

「哎呀，我還想跟懷念的人多說幾句話呢。」

「好了啦，快做正事！」

潘麗寶和緹亞忒一邊爭論著什麼，一邊又把一人扛到後方去。只要離開白色人型物體出沒的領域，就會有其他士兵避難的地方。把偷渡者交給他們後，她們又衝進新的肥皂泡泡裡。

「還滿順利的嘛。」

見狀，娜芙德不自覺地這麼說道。

「看起來很順利嗎？」

「嗯……難道不是嗎？」

菈恩托露可沒有回答，只是用嚴肅的眼神環視周遭。

她們幾個妖精——勉勉強強都突破困境了。也就是說，即便過去消逝的某人亡靈（不知如此稱呼恰當不恰當）站在面前，她們也能毫不迷惘地做好現在該做的事。正因如此，她們才有辦法整頓局面。

然而，應該還有一人要在這裡。

「威廉．克梅修。」

到處都找不到他的身影。

那是在遙遠的地表上失去眾多同胞，沒能從那股失落中振作起來的他；亦是尚未認識珂朵莉．諾塔．瑟尼歐里斯，沒有得到在現今世界繼續活下去的理由，也不容許自己有那種奢望的他。

若是這頭〈獸〉將他吞噬了，應該會投映出非常多令他懷念的死者吧。深掘他的心靈，不斷侵蝕下去。

到最後，等待著他的究竟會是什麼——

「最壞的情況……說不定……」

或許又要藉由她們的手，來親自了結他的性命。

菈恩托露可握緊手中的希斯特里亞劍柄，苦澀地領會到這個結論。

†

眼淚止不住。

自己為什麼會在這裡？

自己為什麼會被這麼多人包圍住？

自己為什麼會內心如此動搖？

疑問接連湧上心頭，卻找不到任何答案。

一種壓倒性的安心感，自己就這樣待在這裡也好的誘惑在心中蔓延開來。慶幸的是，這件事本身過於不自然，導致他並未捨棄危機意識，依然保有這個狀況並不正常的認知。

然而，即便如此……

兀自流下的淚水怎麼也止不住——

「——不好意思，方便說個話嗎？」

有人拍了拍他的肩膀。

他抬起不知何時垂下的腦袋，往對方看過去。

那是一名少年。

他沒見過那張面孔。最起碼在至今並肩作戰的冒險者和準勇者夥伴裡，沒有這號人物……他是這麼想的。

對方有著自然捲似乎很嚴重的黯淡銀髮，以及白皙剔透、缺乏血色的肌膚。黑框眼鏡下是一雙瞇著笑的紫色眼眸。

還算令人印象深刻的外表。

如果從前見過面的話，他應該會記得這個人。

「我們是不是……在哪見過……？」

「啊哈哈，沒關係。你想不起來很正常，我們是第一次見面喔。」

眼鏡下的眼眸彎起，少年笑了。

那是既討喜又開朗的笑容——特意塑造成這種形象的表情，而且完成度相當高。

「你……是誰？」

「別急，我當然會作自我介紹。但在那之前，我覺得今後再也不會有這樣的機會了，可以先讓我了結一樁事嗎？」

少年邊說邊摘下眼鏡。

然後折起來，收進胸前的口袋裡。

「什麼事……」

「放心，不會太久的。只不過——」

少年最後又露出一次燦爛的笑容。

「威廉．克梅修。我老早就決定要是能見到你的話，非得揍你一拳不可。」

這句話說到一半時，少年就以極其自然的動作，悄無聲息地從死角揮拳過來。

這一擊瞄準意識空白，完美達到攻其不備的效果。無論是距離、角度還是時機都讓大腦來不及思考後作出反應。不對，根本連思考這個動作本身都被澈底封阻了。

咚噗——！

隨著有些沒勁的聲響，拳頭陷入了臉頰。

「啊。」

準確來說，是威廉的拳頭深深陷入了少年的臉頰。

由於內心反應不過來的緣故，他沒能控制住身體擅自施展回擊。毫不留情的一擊輕鬆鬆就奪走了少年的意識。

連一聲呻吟都沒有，少年的身體搖搖晃晃地傾斜，當場倒下。

他完全陷入了昏迷……威廉怔怔地低頭看著那張傻裡傻氣的臉，又確認了一次。果然是沒見過的面孔，不過——

看著看著，威廉莫名火大了起來，毫無來由地想揍他一拳，而且還覺得下意識的一擊就把他打倒實在太可惜，希望他趕快醒過來，各種難以言喻的心情翻湧而上。

接著，威廉再次環視周遭——

眾多**從前**的夥伴們，那些威廉記憶中的死者們，早已消失無蹤。

他們原本所在的地方，如今只剩單調的白色人型物體立在風中輕輕搖曳著。幾下眨眼的工夫後，它們又融入風中消失了。

「我不能接受。」

臉頰紅腫的少年坐在岩肌上，一臉不服地嘀咕道。

由於再讓少年昏迷下去也無濟於事，又不能放著不管，因此威廉輕輕打了一下他的橫膈膜逼他醒來。而後，少年就一直是這副模樣。

「剛才你應該乖乖讓我打一拳才對吧？你這人會不會看氣氛啊？」

「一個來歷不明的對象無緣無故地攻擊過來，有哪個笨蛋會特地站著挨打啊？你的腦袋還好好地黏在脖子上就該額手稱慶了。」

你的奇襲相當漂亮，我根本無暇考慮要不要挨打——他不想這麼說。雖然不清楚原因，但他就是不想誇獎眼前這名年紀輕輕就滿頭白髮的少年。

「所以，你到底是誰啊？」

「……嗯，好吧，畢竟都說好了。」

少年伸出一隻手示意周遭一帶。

「但先回答我，你認為**這個世界**是什麼？」

「是什麼？」

原本彷彿罩著一層霧的意識逐漸恢復清晰。

他現在能夠**部分地**理解剛才的異狀。

「——從我的記憶中，懷念的面孔接二連三地被拉出來重現。這是類似於屍魔(Aeshma)或爭魔(Bufas)創造出來的結界世界……嗎？」

「哦？」

「『哦』個頭啦。我的推測正確嗎？」

「不，我一樣還沒徹底掌握這個狀況。我對惡魔也不是很了解，只聽說過惡魔好像是我們這一族的始祖，但現在幾乎找不到詳細資料就是了。」

「什麼啊，那你笑得一副對狀況了然於心的模樣是什麼意思啊？」

「喔……這個嘛，雖然不是全部，但算是能理解一部分吧。」

他站起身，視線投向背後——只見那種白色人型物體又現身，正慢慢往這邊靠近。

『費奧多爾……』

才剛看到它的輪廓瞬間模糊起來，結果就變成壯年男性的模樣。它張開雙臂，展現出簡單明瞭的親暱舉動走了過來。

他的臉上，出現了少年用軍靴的靴底用力踏出的凹坑。

男性被一腳踹暈，往身後倒了下去，噴出的鼻血在空中劃出一道弧度。在這個動作的途中，化為男性的那東西又變回白色人型物體，然後消失不見。

「那我就按照約定作自我介紹。」

少年一邊拍掉靴底的髒汙，一邊看向威廉。

「我叫做費奧多爾．傑斯曼，前護翼軍武官，也是你未來女兒們的上司，以及——」

「慢著！」

他沒辦法聽聽就算了。

「剛才你說我女兒怎樣？」

「呃，我才講到一半而已，你咬住這一點也沒辦法推進話題請耐心聽我講完逼問只會造成我的困擾。」

「你說你是軍人吧？雖然不曉得是哪個國家的，但我可不會把愛爾和娜奈狄她們交給你喔。」

「唉，真是的，你沒聽懂我的意思吧？到底被迷惑得多深啊，拜託回想一下自己是誰好嗎！」

……自己。

「你剛才問我這個世界是什麼，對吧？」

「我是問了。」

「和屍魔或爭魔無關。惡魔的夢幻結界不能直接操縱目標獵物的記憶，所以它是以讀取到的記憶作為原料，特地呈現出折磨人心的情景。」

威廉有察覺到自己的精神並未處於正常的狀態。他連自己為何會在這裡都想不起來。說得極端一點，光從自己身為準勇者威廉·克梅修的記憶就不該相信。

他想知道這種現象的原理。

費奧多爾嘆了口氣，像是在說：「終於能往下談了。」

「那是因為擔任核心的是惡魔自己吧？對於身為核心的惡魔而言，狩獵的對象是別人。所以，運用共通語言——即對方的記憶從外部攀談，藉此建立溝通的橋梁，把對方變成自己世界的居民。」

「嗯……對。」

以惡魔的情況而言，應該是這樣沒錯。

費奧多爾的解釋和威廉的知識沒有產生矛盾。

「而創造出這個結界的主人的盤算，或者說觀念並非如此。它是讓對方創造世界並維持住。」

費奧多爾再次坐在岩肌上。

「試想一下，這也是當然的。它本身沒有該邁向的未來、想維持的現在，以及能夠回想的過去。儘管如此，若它想要創造世界，所有的一切都必須借用別人的東西不可。」

威廉環視周遭。這是一片褐色土壤外露的荒野。只有他們兩個活人——儘管地面四處都生長著類似野草的東西，但不是枯萎就是腐爛了，感受不到有生命的跡象。

「這裡不同於夢幻結界，並非那種只引誘魂魄體進來的系統。你和登場人物全都是活人。不過，用黏土捏成的東西能不能稱為活人還有待商榷就是了——」

不知從哪裡又冒出了壯年男子。

大概三十出頭，乍看之下就像普通人類，但除了一般都有的兩個眼窩外，額頭上還多開了一個眼睛。與人類相近又不是人類，應該是那個與人類敵對的種族，也就是鬼族的一種吧。

他一出現，費奧多爾便立刻使出一記背拳重擊他的胸膛。男人一個踉蹌後失去其樣貌，又變成白色的人型物體，而後回歸虛無，沒有留下任何一句話。

「——這些全都是活人，內在也和已故者的記憶一樣。撇除使用的是廉價素材這一點不看，它們和本人並沒有差別。」

費奧多爾喃喃說道，語調含有一絲沉痛。

「就這樣讓每一個人去『聯想』世界，使其創造出停滯且封閉的世界。換句話說，這頭〈獸〉的原理就只有如此而已。」

「照理說，這是不可能的。」

他否定了費奧多爾所說的理論——也只有理論。

「把引入結界的對象當作核心，這順序再怎麼說都很奇怪吧？沒有核心是要如何生成結界？結界是世界的疆界，要具備相應的堅韌度才能持續隔開兩個世界。若是少了核心，結界一定不堪負荷外部世界的壓力，瞬間就會消失——」

「所謂的外部世界並不存在。」

他的否定被輕易推翻了。

「與其說不存在，不如說三十九號懸浮島本身被薄度無限接近那個的羊膜包覆起來了。我想那才是〈終將來臨的最後之獸〉的本體，其虛無性正是它的本質。」

費奧多爾攤開雙手，用宛如可疑傳教士的語氣說道：

「所以這個結界的核心是你，威廉．克梅修。不同於惡魔強制給人看的夢境，你可以按照自己的期望創造出世界，讓這裡的一切運行下去。」

費奧多爾仰望天空，彷彿是在祈求著什麼似的。

「你可以取回過去失去的事物，也可以得到過去無法觸及的事物。這裡是為你實現願望的地方——」

†

「喝！」

潘麗寶踹開老舊的木門走了進去。

裡面是極為常見的廉價公寓住宅。

屋內中央擺著一張桌腳長短不一的桌子，還用折起來的舊報紙墊在下面保持平衡。一本繪本攤開放在桌上，狐徵族親子分別坐在兩側的椅子上。

正在唸繪本給孩子聽的狐狸父親抬起頭，看向闖入者。

「咦，我們是不是在哪裡見過？」

他語氣溫和，帶著幾絲恍惚。

小孩也跟著抬起頭。

「是爸爸的朋友嗎？」

「是啊。沒記錯的話，對了，是在某地採訪的時候認識的……那是……在教會學校的慈善音樂會上……吧？」

「音樂會！」

小孩興奮地叫道。

「會演奏樂器嗎？無徵種要怎麼演奏？」

「也有無徵種能吹的笛子喔。」

「好厲害唷～！」

這番話讓她微妙地有被冒犯到的感覺。從歷史的角度來說，幾乎所有管樂器一開始都是依照無徵種的臉型來製作的，自此發展起來後才開發出符合各種族上顎的吹口。不對，這並不是重點。

潘麗寶平靜地開口道：

「貝爾托特。」

她叫出狐狸父親的名字，而那理應是那個男人的名字。

「嗯？不是，我的筆名是……」

父親頓時語塞。

他遲遲說不出下文，毛皮下滲出汗水。

貝爾托特。他察覺到這是代表自我的名字。明明這是不可能的。因為那是他失去家人後自甘墮落，變成八卦記者在小巷子裡徘徊之後開始使用的名字。

「……我……」

「不好意思，有話晚點再說吧。我要趕快把事情解決掉。」

她鞋也沒脫就踏進屋內。

「延續之前聊過的話題，我接下來要證明我們絕對不是什麼正義。我現在就要奪走你的幸福，理由是這麼做對我們比較有利。」

「……不是……妳到底在說什麼？」

「走了。」

才剛說完，潘麗寶就揪住貝爾托特的衣領，把他從屋裡丟了出去。那樣的臂力根本不像那個體型會有的。男人連抵抗都沒辦法，身體幾度摔在地面上，彈起滾動後停了下來。

「這……」

全身想必都很痛，但貝爾托特還是抬起頭，看到了現實。

沒有城市。

也沒有公寓。

只有一個宛如戲劇舞臺及人偶之家一般，非常像是刻意仿造出來的屋子，在昏暗的廢墟城市中綻放出帶有生機的光芒。

「爸爸？」

一個小小狐徵族——不對，是剛才假扮成那樣的白色人型物體狀似不解地從屋內微微探出臉來，還有一個大概是扮演妻子的大型個體跟在後面。它們搖頭晃腦地往這邊靠近。

「啊……咦，啊……唔……？」

「清醒了沒？」

潘麗寶問了一聲，愣在原地的貝爾托特才終於回過神來。

「你創造的世界還真有意思啊。如果沒有任務在身，在這裡叨擾一陣子也不錯。」

潘麗寶語調輕鬆地隨口說完，將劍舉起來，朝對方接近的同時展開凌厲的攻勢。最先的突刺把白色人型物體的頭蓋骨（相當於那個部位）擊碎，收劍時順勢往另一個的軀幹橫掃過去。

沒有半聲悲鳴，連痛苦掙扎的樣子也看不到，兩個白色物體便融解消逝。回神之際，那間公寓住宅也不復存在。

最後什麼都沒剩下，簡直像是一開始就什麼都不存在似的。

「我這是……被騙到怪物的夢中……了吧……」

貝爾托特拍打自己的臉，喃喃說著。

「英雄小姑娘……救了我一命啊……」

「哈！」

潘麗寶哼笑一聲。

「沒有什麼騙不騙的。既然是永遠不會醒來的夢，那就跟現實沒有兩樣。我為了我們的世界著想，把你從可以和家人團聚的世界拖了出來。我所做的就只有這樣而已。」

「……妳還在堅持那種主張啊？」

「我們奮戰的結果順便救到你們是無所謂，要賦予這件事高尚的意義也是你們的自由。但是，不要把我們牽扯進去。」

貝爾托特垂下頭。

「這真是……克己禁慾啊……」

「就說沒有那麼高尚了。」

「拜託就當作是這樣吧。」

貝爾托特抬起頭，露出無力的笑容。

「不然的話……像我這種沒資格獲救的傢伙……根本接受不了啊……」

潘麗寶大嘆一口氣，又揪住貝爾托特的領口強迫他站起來。

「離開這裡吧。我不管你有沒有資格，既然清楚自己是被救的一方，那就趕緊讓自己被救出去。」

偷渡者一共九名。

這個貝爾托特・席斐爾（假名）是第九個。

一開始被迷惑的士兵們也盡數獲救，還能行動的人被派到後方支援，精神打擊較大的人則撤退回三十八號懸浮島。

關鍵所在的〈最後之獸〉無法靠自己做任何事，只能吸收他人作為核心才有辦法引發災厄。從這一點來看，幾乎算是成功使其失去作用了。

「——少了一個人呢。」

環顧四周，菈恩托露可代表現場低聲說道：

「偏偏是他還不見蹤影。」

「之前的肥皂泡泡結界也都不見了。他會不會是因為別的事情而躲在其他地方？」

「也有可能只是世界之間相隔太遠，以致於不能以目視來觀測。他本來就不屬於我們這個時代；若他期望的世界在我們的觀測之外，也沒什麼好奇怪的。」

「有那麼誇張嗎？」

面對態度悠哉的娜芙德，菈恩托露可斥了一聲：「妳太鬆懈了。」而當事人則一副若無其事的模樣，像是在說：「就算著急也不能怎樣啊。」

「妳怎麼看？」

可蓉詢問潘麗寶，潘麗寶又把「妳怎麼看？」這個問題原封不動地拋給站在旁邊的緹亞忒。

「也沒什麼……」

緹亞忒看著已經沒有任何人事物存在的廢墟答道：

「我覺得不用擔心啦，也不會變成長期作戰啊。他大概會比預期中還要快回來。」

「妳說得還真有把握耶？」

「這只是我的感覺而已。如果就威廉一個人的話，那確實有一點危險。」

緹亞忒露出淡淡一笑，同時又說：

「但是，那傢伙應該也在才對。」

†

「你可以取回過去失去的事物，也可以得到過去無法觸及的事物。這裡是為你實現願望的地方——」

少年這句話分不清是宣言、祈禱還是挑釁，不過威廉置若罔聞。

他心不在焉地思考著另一件事。

剛才他所認識的——或者說費奧多爾所認識的死者之中，有好幾張面孔並沒有出現。

這又是為何？

「我說，關於剛才的話題。」

他決定問問看。

「你剛才自我介紹的時候，有提到你是前武官，和我女兒們的未來有關聯之類的，然後你原本接下來打算說什麼？」

「……你知道的吧？我也是死人，和你是同類。」

一瞬間，費奧多爾的樣貌模糊了起來。

在模糊身影的另一側，可以看到差不多已經見怪不怪的白色人型物體。

「只不過，我並不是從你的記憶中重現出來的，而是以存在你體內的我的自身記憶為基礎。所以，我還保有自我意識，在你的認知中被歸類為異物。另外就是……〈最後之獸〉的結界，可能和我們鬼族很合拍。」

「為何這麼認為？」

「從人族中誕生，與人族為敵的種族就是各大鬼族。這頭〈獸〉可能也是從〈獸〉的內部誕生的〈獸〉的敵對種族。應該是終結〈十七獸〉這個類別，連結到第十八種以後的新世代的一種關卡吧。」

「……這話題會不會太龐大了？」

不知道該怎麼說。

「畢竟面對的是創造世界這種胡扯到不行的東西嘛，和具有宗教性和哲學性的妄想非常合拍。不過，妄想就是妄想，這一點無庸置疑。」

為什麼會誕生出這種東西呢？又是什麼原因造就這等事態？既然知道這些也不會改變應對眼前問題的方法，這一切都不過是在玩文字遊戲而已。

「這樣啊。」

「你知道了什麼嗎？」

「沒……只是大致上明白了。」

如果〈最後之獸〉是這種類型的東西，如果它只是意圖邁向未來，並為此否定現在，那麼它所重現的過去，也終究是已經結束、消逝的事物。

如同從手中滑落、不會再回來的沙粒，是那些事物的幻影。

因此，還沒有從自己身上失去的事物，並不會出現在這裡。

——啊啊。

他覺得自己想起了很多事。

無論是懷念的，抑或不懷念的。

張開雙臂，大大地伸了個懶腰，接著——

「回去吧。」

他如此宣布。

「沒關係嗎？」

費奧多爾看起來沒有多意外，而是用「慎重起見還是姑且確認一下」的表情問道。

「去外面的話，你什麼也拿不回來喔？」

「就算待在裡面也拿不回任何東西，只是再次認清已經完結的故事真的完結了而已。

相比之下，狼狽也好，短暫也罷，我決定還是回去見證這個故事的後日談——」

他沒有感覺到氣息，只是隱隱有些預感。

於是回頭一看。

只見稍遠的距離外，有一名少女站在那裡。

她有一頭披肩的澄淨藍髮。

可能是因為距離較遠，又或許是因為逆光，他看不清她的表情。

他知道那是假的。那個白色人型物體只是從威廉．克梅修的記憶一隅翻出某人的樣貌，然後偽裝成對方而已。

「那個女孩子是……」

少女的嘴唇動了。

——不……要……走。

「嗯？」

一道聲音傳來。

抑揚頓挫和發音都很生澀。

——你走了，我會生氣。

「妳是……」

有哪裡不太對勁。

「怎麼了，威廉．克梅修二等咒器技官？」

「等一下，我又不是那位二等咒器技官，而且特地用全名加職稱來叫人，未免太過冗長了。」

「那麼，就叫阿威吧。」

「縮到這麼短也是頭一遭啊。」

回了一句玩笑話後，威廉再次轉身面對少女。

——不要……走。

——你走……了我會……生氣。

這些話不斷重複，彷彿是壞掉的記音晶石。

「我說啊。」

威廉不理會費奧多爾，逕自撓了撓頭。

「雖然不知道這是想幹麼，但把這傢伙重現出來是錯的。我是還沒去妖精倉庫的威廉．克梅修，和這傢伙之間的回憶並不是屬於我的啊。」

「——你這樣講，不就代表已經**恢復**得差不多了嗎？」

他不理會在一旁說著什麼的費奧多爾。

——你就……答應……我……這一點……要求嘛。

有著少女樣貌的某種存在舉起劍。那把劍和瑟尼歐里斯很像，大概也只是按照記憶仿造出來的贗品。

相較於其他假人，那個少女有些異樣。

這絕對不可能是重現出威廉記憶中的某人形象。那些話語，並不是她**可能會說**的話，而是實際**說過**的話。而且是存在於對話中，有前後脈絡的話語。

此外，不太對勁的地方還有一處。

「原來是這樣嗎？」

他閉上雙眼。

然後睜開。

視野寬闊，右眼很熱。當那隻眼睛重現光明後，他相信瞳孔一定蓄滿了金色光輝。寄宿在體內的〈最初之獸〉的意志，被費奧多爾奪去的半身，已經回來了。

他可以從眼瞳的灼熱感受到，〈最初之獸〉對眼前有著少女樣貌的某種存在，抱有像是憤怒又像是膽怯的複雜衝動。

「簡單來說，就是你想要我吧？〈最後之獸〉。」

「真受歡迎呢。」

他不理會在一旁挖苦的費奧多爾。

「不靠自己來完成，而是借用他人的力量創造世界。我體內的這個傢伙，和你是相同又完全相反的存在啊。」

一方，是借用他人力量捏造未來的獸。

一方，是借用他人力量偽造過去的獸。

擁有十七種樣貌的獸群所刻劃下的，起始與終焉的時間洪流。

「你覺得吸收了我，就能填補自身的空缺吧？你覺得自己也能得到那種為了追尋某種事物而創造世界的感情吧？」

——不……要……走。

「你覺得自己……最後也能變成愛爾那樣是吧……？」

沒有該邁向的未來的〈獸〉，渴求著一心期盼絕不可能抵達的未來的〈獸〉。出自本能地判斷必須要有對方，自己才是完整的。

正因如此，為了留下威廉．克梅修，它便選擇使用這名少女的樣貌。不是其他的任何人，而是這名藍髮少女的樣貌。

「在四處奔波的人生中，聽過各種不同的主張……但認真要把我留住的，也只有她而已啊……」

曾有人為他送行。

曾有人為他等候。

也曾有人走在他之前，或是短暫陪伴在他身邊，抑或在後方追趕著他。

然而，當威廉準備前往某處之際，抓住他的衣袖、在被甩開前都不肯放手的，只有這個少女樣貌的原主……珂朵莉．諾塔．瑟尼歐里斯。

——不要走。

地面迸裂開來。

宛如砲彈般的速度。必須將魔力催發到極限作為前提，肉身才能展現出這般攻擊軌跡。原本有二十步左右的距離，僅用兩步就拉近了。

劍——那把與瑟尼歐里斯很像的贗品被揮了起來。

威廉嘆了一口氣……才怪，他根本沒時間嘆氣，只是抱著那樣的心情微微傾斜重心。少女就這樣順著突進的態勢，揮出手中的劍。威廉鑽入她的臂彎內側，掌心輕輕推了一下她的肩膀。原本只相當於在濁流裡扔小石子的抵抗動作，卻讓力量流動發生致命的變化。

一眨眼的工夫後，少女的身體被高高地拋向空中。

「如果只有從記憶中喚起的強度，那也沒什麼用處。還是按照和以前一樣的距離和時機來進攻的話，即使我沒反擊的打算，身體也會自動作出應對。」

他發牢騷似的這麼說完，暗自嘲弄自己到底在幹什麼。他現在又不是在鍛鍊這傢伙，那也不是鍛鍊得起來的對象。無論教學還是指導都沒有意義。

——不要走。

她再度說了這句話，並揮劍突進過來。

（又得甩開這傢伙啊。）

他的重心稍微下沉。沿著像是鑽過劍氣風暴的軌道，身體沒有任何扭動，直接用掌底從正面打出去。

一般來說，打到人體或相似的東西時，手心會感受到各種豐富的觸感。例如肉和骨骼的硬度不同，還有各內臟的配置和彈性差異等，這些因素都會產生許多種觸感。習慣後，似乎就能從觸感的細微差異得知內臟的受損情況。

那是彷彿挖到黏土一般，一致、平坦且乏味的觸感。

「呿。」

他打了跟珂朵莉長著同一張臉的東西，卻沒有一絲猶豫。一想到珍貴的回憶被如此糟蹋，他的拳頭甚至帶著怒火。

少女的身體停下動作。

原本滿溢全身的力量一點一滴地消散而去。手指一鬆，劍也掉了下去。最後連站立的力氣都沒有，就這樣頹然倒地。

她的嘴唇微微一動。

——謝……謝……

接著，她的身形融入風中消失不見。

之後便看到破碎的黑水晶碎片散落一地，而非那種白色人型物體。

剛才那是在對誰道謝，這個問題的答案已無從知曉。

「欸，費奧多爾。」

他怔怔地喊了一聲。

沒有回應。

「已經消失了嗎？」

時間差不多耗盡了吧。

當〈最初之獸〉的碎片和威廉‧克梅修二等技官的記憶回到自己體內，理應會像現在這樣。一旦壞掉的東西修復了，理所當然地，因為壞掉而保有的形態便不復存在。

違逆常規的稀客——費奧多爾的意識也消失了。

他實在沒辦法說那傢伙並不是壞人，也不覺得跟他相處得很融洽。不過，至少那傢伙滿有意思的。即使想法和願望的規模都遠遠超出自身器量，依然不肯完全放棄，用盡各種方法去達成。硬要說的話，雖然那傢伙沒有信用也不可信任，但還是能寄予期待。

他還想以威廉．克梅修的身分，跟費奧多爾說幾句話。

然而，如今已經辦不到了。

他邁步出去。

走了一會兒後，他感到自己似乎穿過了某種薄壁。

在那當下，有一種視野一舉變得開闊的感覺。

明明天空的顏色和地面的質感等一切事物都沒有改變。然後——

「噢噢——————！」

格外宏亮的叫聲冷不防地鑽進耳朵深處，瞬間將原本感傷的氛圍破壞得一乾二淨。

「是威廉耶！威廉出現啦！」

稍遠處，可蓉正伸直手臂指著他。

潘麗寶和菈恩托露可循著可蓉指的方向認出他的身影。娜芙德把呵欠忍回去，而緹亞忒則是一臉「我就說吧」的表情，撇頭看向別處。

他感到懷念。

覺得很開心。

同時也有一股落寞的情緒輕輕刺激著淚腺深處。於是——

「……嗨。」

他用模稜兩可的笑容壓抑住所有情感，輕輕舉起一隻手回應少女們。

6. 關乎現今的賭局

〈最後之獸〉恐怕沒有實體，而是孕育可能性的空間本身。但是，宛如楔子一般的東西會作為物質存在於世，藉此固定住這個可能性不使其消散，並定義空間的位置。

破壞這個物質會暫時減弱吸收其他人的力量。移動這個物質也可以將一連串現象的發生地點整個移動到別處。只要扔到地表上，想必今後就不會再危害到懸浮大陸群。儘管楔子並非本體，但依然是重要部位，方便起見就當作本體來看待似乎也沒問題。

出現在三十九號懸浮島的〈最後之獸〉，是從具備黑水晶外觀的〈第十一獸〉殘骸中誕生的。可能是因為這樣，〈最後之獸〉的楔子，或者說本體也是相同的樣貌。

楔子落在威廉·克梅修破壞掉的追憶之中，後來由護翼軍帶回去，送至奧爾蘭多商會旗下離島的研究設施。

†

這次的情況與〈第十一獸〉的戰役不同。與〈最後之獸〉的接觸在沒有向一般市民公開的情況下默默地開始，然後又默默地結束了。

因此，沒有讚頌的聲音，也沒有舉辦慶典。

有些士兵似乎對此感到不滿。賭上性命奮戰，而在成功生還後，卻只得到自己人的誇讚。會覺得沒有成就感也是可以理解的。

在這一點上，妖精兵們——先不論這算不算好事——已經習慣在不為人知的情況下守護世界。不如說，這本來就是她們的立場，被捧成英雄才是不正常的。

「歡迎回來。」

妮戈蘭笑著迎接她們。

不需要跑回妖精倉庫，在這裡就能聽到她的慰勞話語。對她們而言，光是如此就是非常足夠的褒獎了。

†

「解決了當前的一個問題，首先為這次的勝利獻上祝福。」

修弗切羽將軍的表情一如既往地嚴肅。

「可以的話，我也想與諸位一同舉杯慶祝，但情況並不允許。我們此刻依然被困在滅亡的危局中。」

實際上，他說得非常有道理，絲毫沒有反駁的餘地。

迫近懸浮大陸群的最大危機依舊存在，剩下的時間不到兩年。

比較現實的對策只有歐黛與帝國提倡的「適當地破壞大陸群，讓二號懸浮島的結界出現破口」這個作戰。

其他對策都需要足夠的時間。全是些「至少再給五年的時間」，必須推翻狀況的前提。

「事情就是這樣。」

艾瑟雅的回報與推測相同，或者應該說與計畫完全一致。

「他們好像願意再等一段時間。」

「為什麼要讓他們等？拒絕了『選空計畫』，妳有其他方法嗎？」

「——這件事先擺一邊，我還有一件事要說。」

說完，艾瑟雅一口氣喝光酒杯。雖然是只有一口的小杯子，對她來說已經很多了。接著，得到一些說話的力氣後——

「歐黛死掉了。」

她這麼說道。

「服用相當罕見的毒藥自殺了。明明被關在牢裡，不曉得是從哪裡弄到手的。」

——是嗎？

這個通知絕對不在他的預料之外。

「一定是納克斯·賽爾卓上等兵吧。事到如今還能為歐黛做到這個地步的人，也只有他了。」

「我同意。他現在似乎又徹底消失了。」

艾瑟雅嘀咕了一句，看來她對於納克斯的去向和毒藥來源不是很感興趣。這同樣在他的預料之內。

艾瑟雅大概也對他的反應同樣不感到意外，她抬起頭直言：

「你發現了吧，還有**那個方法**。」

她這麼跟他確認。

「那女人是看到我才靈機一動的。既然如此，我自己怎麼可能渾然不覺？」

「呃，我不太懂這個道理耶。不管是技官還是費奧多爾，這方面的思考迴路，或者說腦袋的運轉方式還真有點奇怪。」

「是嗎？」

他偏過頭。

「算了，怎樣都無所謂。既然歐黛自殺了，那問題就在於她的目的和成果了。有什麼辦法嗎？」

「按現狀是沒辦法的，不夠撐下去。現在本來就是奈芙蓮一個人支撐著全部，極限還是一樣會到來。能做的就是讓她卸下重擔……不對，連這件事都沒辦法吧。若只是稍微幫她改變一下支撐方式……」

「這樣啊。」

威廉站起身，披上了外套。

「幫我準備飛空艇。能最快到五號島的。」

「技官！」

艾瑟雅猛然站起來時，差點從椅子上摔倒。威廉不知何時來到她身邊，並且伸手扶住了她。

「妳小心一點啊。」

「我怎樣都無所謂！」

她叫道。

「我真的怎樣都無所謂！我過去一直覺得只要繼續戰鬥，要不了多久就會消亡！為了保護誰而死在戰場上正合我意！但是，為什麼是那些好孩子一個個死亡，只有我這種人活下來——」

「我說啊……」

威廉把手放在艾瑟雅的頭上。

「妳的這種不甘心，我也**有點**了解。所以，正因為妳非常清楚這一點，我才能夠拜託妳啊。」

他稍微想了想，尋思措詞來說服她。

「……拜託了。連我的分一起，在這裡多活一陣子吧。」

「你太狡猾了啦……」

隨著混著嗚咽的聲音，艾瑟雅輕輕點了點頭。

7. 繼承未來的孩子

時間稍微往前回溯，這是與〈最後之獸〉的交戰快要結束時所發生的事。

†

莉艾兒心想，這應該是在作夢吧？

因為她偶爾作的夢和眼前的景象很相似。

腳下是一片岩肌，周圍飄蕩著朦朦朧朧的不明物體。除了莉艾兒以外，這裡的所有事物感覺都很詭異。

『棉花～』

與莉艾兒年紀相仿的紅髮妖精奔了過來。

『真是的。原來妳們兩個都在這裡啊？』

橙髮的成年妖精跟在她後面。

『棉花～一起玩吧，一起玩吧。』

『晚餐前要回來喔，聽到了嗎？』

久違的兩人。久違的嗓音。

明明該感到開心的，卻不知為何有些恐怖。

「不要！」

她揮動手臂，把她們甩開。

那兩人的姿勢微微傾斜，不知怎地直接淡化消失了。

「不～要！」

這一切都太莫名其妙，於是莉艾兒跑走了。

不論再怎麼跑，周遭景色依然未變，她想不到可以停在哪裡，就這樣永無止境地跑了下去。

一直跑，一直跑，一直跑，然後累得跌倒了。

很痛。

莉艾兒哭了。

一直哭，一直哭，一直哭，然後哭累了——

這時她才察覺到。

一旁，有個在夢中見過的東西倒在那裡。

那是少女的亡骸。被擊碎，被砍飛，被貫穿，被磨削，被凌虐得不成原形。

「唔……？」

即使目睹死得如此悽慘的亡者，莉艾兒臉上也沒有浮現一絲嫌惡或恐懼。不過，寄宿在她眼中的也不單純是好奇的光芒。

「唔……」

她抓住亡骸的手指。

然後拉了拉。

亡骸本身紋絲不動，但有某種半透明的物體被拉了出來。那物體的外觀是一絲不掛的藍髮少女。

而這個少女呆愣愣地看著莉艾兒。

不發一語，兩眼無神。儘管如此，莉艾兒覺得她應該在傳達些什麼。別說小孩子的詞彙量沒辦法形容出來，她連自己有這樣的感覺都渾然未察。

——回去吧。這裡很危險。

莉艾兒感覺自己接收到了這樣的訊息。

她想了一下。

「唔。」

她依然抓著少女的指尖拉了拉。

要少女跟她一起走。

而少女……眼眸微微垂下。這是拒絕的意思。少女不能跟莉艾兒一起走，因為她已經是一具空殼，什麼都不剩了。她是無法想起任何事情的某種東西的回憶，不過是虛無本身罷了。

將她帶出這裡，即代表靈魂與肉體接受這個虛無。幾乎可以說是把莉艾兒自己交出去當作用過即棄的容器。

沒有人期望這種事發生。沒有人會覺得幸福。因此——

——妳自己回去。

少女的幻象反覆如此拒絕著。

莉艾兒露出怔怔的表情，理解這一點後……

「唔。」

突然間就生氣了。

「唔～！」

這次不止是指尖，她牢牢抓住了少女的手腕。

然後拚盡全力——儘管小孩子的力氣也沒有多大——要把少女拉走。

啪鏘。

在莉艾兒體內，有什麼東西粉碎消失了。

這是前世的侵蝕，當然她對此一無所悉。不過，她的本能察覺到這是極度危險，並且無法挽回的事情。要是現在不離開，侵蝕就會更加嚴重。

在這個情況下——莉艾兒重新握住少女的手指。

「唔～唔～！」

莉艾兒當然不明白自己在做什麼。這樣會惹出什麼麻煩，之後要怎麼彌補過錯，她腦中完全沒有一絲一毫這方面的想法。

她只是無法容忍。

空殼沒什麼。她自己也還很小，不懂事，什麼都做不到，追不上**蘋果**、**菈琪旭**和**費奧多爾**，簡單來說，她就像空殼一樣。

但是，就因為這樣，她才覺得自己不能停下腳步。

她要見識新的事物，前往不曾去過的地方，從現在開始慢慢累積。

如果見不到想見的人，那就下次再去見對方。

即使無法察覺到那是重逢。

即使無法恢復曾經一起創造的回憶。

只要再重複一次最初的相遇就可以了。

只要再創造出新的回憶就可以了。

莉艾兒用亂成一團的腦袋拚命地思考這些事情。想著想著，最後把這些心情全部匯聚起來——

「唔！」

道出有力的一句話。

啪鏘、啪鏘。

隨著和緩的聲響，莉艾兒體內又有什麼東西在剝落。

重要的人們。

想念的人們。

正一點一滴、一點一滴地消逝。

儘管如此，莉艾兒還是沒有放開少女的手腕——

†

——睜開眼睛。

她愣愣地盯著天花板半晌。

白色的天花板，到處都有灰色汙漬，感覺會有妖怪藏在裡面。

沒多久就看膩了，於是她坐起身，視野轉動一圈，看清楚房裡的模樣。柱子是褐色的，牆壁是黃色的，紅綠相間的地板看起來很柔軟。耳邊傳來劈里啪啦的聲響，一看過去便發現是壁爐的火在燃燒。

「……唔……？」

這裡是什麼地方？

「啊，醒了！」

沒聽過的嗓音這麼叫道，把她嚇了一跳。

「我說阿爾蜜塔，快去叫妮戈蘭過來！貪睡鬼終於醒過來啦！」

一個藍髮的人指著她說了些什麼。

年幼的莉艾兒沒辦法完全理解這句話的意思，但知道她們對自己此刻在這裡醒來一事感到很驚訝。

那個藍髮人飛奔似的靠了過來。

她把手放在莉艾兒睡覺的搖籃上，嘻嘻笑說：

「早安，莉艾兒，初次見面，我是優蒂亞。既然我們髮色相近，我特別允許妳喊我姊姊唷。那麼，歡迎妳來到妖精倉庫。」

聽完她說的這些話，莉艾兒還是無法完全理解，只能呆呆地看著她。

「哎呀，真是的，突然做些什麼啊？」

另一個人——感覺非常高的人走進房間，往莉艾兒靠近。

「初次見面就猛撲上去，一定把人家嚇到了吧？」

「不，完全沒有唷。看這傢伙就這樣呆呆的。」

「……哎呀，真的呢。」

這個身高很高的人探頭端詳莉艾兒的臉。

「大概是睡糊塗了吧。希望不是什麼後遺症。」

「是那個嗎？在姊姊們認真戰鬥的時候悄悄跑進去，然後在裡面沉沉地睡午覺吧？真厲害耶～我完全學不來。」

「不要學。我都快擔心死了，而且還被軍方臭罵了一頓。」

身高很高的人用指尖輕戳一下另一人的鼻子。

「會不會是突然把她從緹亞忒她們身邊帶走，所以感到張皇失措？莉艾兒，妳睡了一個星期左右了喔？」

莉艾兒呆愣愣的，沒有仔細聽對方說話。

她終於發現自己什麼都想不起來。

在這裡醒來之前，自己究竟在哪裡、做了些什麼。她完全沒有記憶，忘得一乾二淨。

對幼童而言，過去的記憶相當短暫，但正因如此，那才會是她們與這個世界相連——能讓自己放心待在這世上——的一種救命繩。要是沒有那些記憶，心頭就會湧現無以排解的不安。

莉艾兒忍不住想要哭出來。

但她緊緊地盯著自己的小手，然後用力握起。

「唔！」

「哦？雖然不太清楚，但好像鼓起了幹勁啊！」

藍髮人笑著抱起莉艾兒。

「能不能再見一面？」

-starry dawn-

自己恐怕撐不了多久了。

奈芙蓮現在有這樣的自覺。

支撐著整個懸浮大陸群，不間斷地、永無止境地進行延續單方面認知的任務。雖然就某種意義而言，這是很好玩的事——可以看到普通地活著或死亡都看不到的各種事物——當然，這件事的性質不可能這麼單純。

奈芙蓮只是單方面地認知世界的整體面貌，代表世界那一方並未認知到她。她愈是維繫著世界的存在，自己就愈是被世界排除在框架之外。

彷彿是沒完沒了地觀賞著映像晶石中的故事。

只要身為觀測者的奈芙蓮在這裡，故事中的世界就可以繼續存在。相反地，她一旦停止觀測，整個世界就會和所有的故事一起放棄其存在。

此外，奈芙蓮自己不能進入映像中的世界。

她必須在沒有其他觀眾的映像晶館裡，獨自一人凝視著永遠不會結束的映像；也就是這個隨時會消失、瀕臨毀滅的世界。愈看愈是認清自己只有一人的事實。

因此——

——辛苦了。

她沒有立即察覺到。

耳邊傳來某個人的聲音。

那並不是從映像中傳出來的對話，而是對奈芙蓮說的。她那被磨損得幾乎一片空白的心靈，產生了些微動搖。

照理說，這是不可能的。

『是……誰？』

即便詢問了，也沒有得到回應。

就在她以為是錯覺的瞬間——

——長久以來真的很謝謝妳。還有，對不起。

——雖然稱不上賠禮或謝禮。

——但我來送妳一份禮物了。

聲音的後續傳來了。

奈芙蓮聽到某個人投來的意志。

似乎不是她認識的人，但也不是多遙遠的陌生人。她和對方對彼此都有一定程度的親暱感……比如說，是稍微交過心的關係。感覺很不可思議。

奈芙蓮從自身記憶中，翻出了理應沒有人告訴過她的這個嗓音主人的名字。

『歐黛·岡達卡……是嗎……？』

——雖然應該不會像弟弟那樣順利。

——但從我的力量解放出來後，妳的身體會短暫覺醒。應該吧。

嗓音的主人沒有回答奈芙蓮的問題。

只是單方面地傳達自己的事情。

那口吻簡直像是單純在宣讀死者的遺言一樣。看來並不是有自己以外的其他人能夠在這裡和她交流。到頭來還是和觀看映像晶石的映像一樣，沒有任何差別。

就在奈芙蓮的心因為失望而再次消沉之際。

——來，睜開眼睛。

這句話帶有一股奇妙的力道。

她沒能立刻理解所謂的睜開眼睛是什麼意思。

奈芙連．盧可．印薩尼亞的身體被安置在五號懸浮島上。精神和懸浮大陸群直接結合後，肉體和精神的連結幾乎整個斷開。也就是說，事到如今那等同是屍體，只是還沒有死亡罷了。

要那個屍體睜開眼睛？

雖然不曉得是怎麼回事，不過她幾乎按照對方說的，去意識自身肉體的存在，嘗試動起來。

眼皮緩緩動了動。

光芒鑽了進來，映照在虹膜上。

太久不曾接觸到視覺這個情報，大腦沒有立即反應過來。模糊不清的純白視野緩慢地、一點一滴地恢復景色的形狀。

就在眼前。

看到了一個男人的臉。

頭髮是深沉的黑色。一隻眼睛和髮色一樣，另一隻則蓄滿銳利光芒的奇妙金黃色。

「啊……」

一直沒有使用的喉嚨微微顫抖著。

肺在震顫，一聲呢喃從口中溢出。

「嗨。」

那個男人用早上打招呼一般的輕鬆語調和她搭話。

「好久不見了吧？雖然我還沒有當上技官以後的記憶。」

「威……」

威廉。

為什麼？為什麼會在這裡？

黃金的右眼與黃金的左眼，黑色的左眼與紫色的右眼，各自凝視著彼此。

「……唔、啊……」

她說不出話。喉嚨不會動，更何況她也不知道該說什麼。

手臂勉勉強強動了，雙腳也總算聽從了內心的想法。

她緊緊抱住眼前的男人。

感覺到一股溫暖。她不知道實際的溫差，也不在乎，總之就是如此認為。這並不是映像晶石中的東西，而是她自己的知覺。證明奈芙蓮・盧可・印薩尼亞不是孤獨一人，確實有和其他事物連結在一起。

這份溫暖讓奈芙蓮感到安心。

「夢？」

她終於說出有意義的詞語。

「類似吧。反正不是惡夢，沒關係吧？」

「惡夢不會說自己是惡夢。」

「也對。」

男人若無其事地聳了聳肩。

「我是受妮戈蘭所託。」

男人的手溫柔地撫摸奈芙蓮那頭蓬亂的灰髮。

「因為那是一個總是寵著別人，不會主動撒嬌的孩子。稍微放著不管就可能會一個人承受著一切，一個人壞掉。別看她那樣，她是個非常拚的人，絕對會太過勉強自己而釀成大麻煩的。」

這是怎樣？

「這個令我驕傲的女兒就鄭重拜託了——妮戈蘭是這樣說的。」

這是怎樣？這是怎樣？到底在說什麼？

妖精倉庫的管理員們。試圖成為沒有父母的妖精們的父母。理應再也見不到面，早就別離的人們。

奈芙蓮抱著奇怪的心情，微微一笑。

「總覺得，反過來了。」

「這又是什麼意思？」

「沒什麼。」

「真難捉摸。」男人嘀咕一聲後，又像是想起什麼似的補充道：

「菈恩托露可也有話要我轉告。她說『再過五年一定會找到辦法，請妳再多努力一點。之後，我一定會把你們找回來』……這樣。」

男人的手臂溫柔地回抱住奈芙蓮。

五年。還要五年嗎？

時間並不短。已經損耗殆盡的奈芙蓮不可能承受得住。

直到剛才無庸置疑都是如此。然而——

再稍微加把勁吧。
她這麼想道。

——爾後，些許時光流逝。

「莉艾兒！喂，莉艾兒跑哪去了！」

年長的妖精們呼喚著少女的名字。

「要找那孩子的話，她拿著捕蟲網去追蟲子了喔。」

同輩的妖精們透露了少女的行蹤。

這是常有的事，屬於日常景象。

莉艾兒是妖精，今年滿五歲的女孩子。

讓站在父母立場（她不曉得其他家庭是怎樣，說到底她連父母是什麼都不太明白）的妮戈蘭來說的話，莉艾兒對什麼都很好奇，是妖精們中最危險的一個。

對於這個評價，莉艾兒有點不滿。

對什麼都很好奇不是理所當然的嗎？

世界一定很廣闊，有很多小小年紀的自己還無法想像的事物。她想去遠方，想看看還沒見過的東西，這種想法不是很正常的嗎？

而且只要這麼做，或許有朝一日就能見到誰。

莉艾兒沒什麼剛出生時的記憶。

雖然說，大多數生物都是在成長的過程中逐漸失去那些記憶，但一碼歸一碼，她澈底遺漏了當時的記憶，相當耐人尋味。

她還是有聽說過當時發生的事。她誕生在其他懸浮島，沒多久似乎就發生了各種嚴重的問題。她聽不懂太複雜的事情，而且潘麗寶學姊和可蓉學姊都「砰～！」、「嘎噢～」地用肢體語言忙亂地匆匆帶過細節。

在解決完各種問題後，有相當長的一段時間，莉艾兒都昏睡不醒。

因此，她再怎麼努力也想不起當時的事情。只覺得——似乎有重要的相遇以及別離。

儘管不是替代，不過有一件奇妙的事情。自從她醒來之後，便覺得自己心中存在著某個人。

那個人誰也不是，只是過去某個人的心靈碎片連形狀都沒有留下的殘渣。其中已經沒有能夠想起自己是誰的記憶，也沒有能夠和誰有所連結的情感。

就是一個空蕩蕩的容器。

今後與形形色色的人相遇，然後將許多回憶裝進去，便可以填滿那個人的心。

雖然她不是很清楚，但一想到那個人，心情就會有些雀躍，感到自豪。這種情感起伏

大致上平衡了忘記很多事情而感到寂寞的感覺

「人生好難啊，蘋果。」

彷彿是在發牢騷，又彷彿是在諮詢人生，她將這股奇妙的心情宣洩在可以用雙臂環抱住的紅髮人偶上。這是從她失去記憶的那時候開始，一直生活在一起的重要家人。

†

話說。

今天妮戈蘭有訪客。

那是一名個子很高的男人。

頭髮宛如夜空一般漆黑，眼睛的顏色也是——有一邊用眼罩遮住了，所以只能看到一隻眼睛——黑得和燒焦的平底鍋一樣。

莉艾兒發現妮戈蘭一看到他的臉就立刻眼泛淚光。所以說，那個人是壞人嗎？他很愛欺負人嗎？

（從外表看起來的確有些可怕……）

在妖精倉庫接待室前的走廊上，她將眼睛湊近微微開啟的門扉，窺視著裡頭的情況。

阿爾蜜塔學姊正好端了茶過來。

平時總是端莊優雅，散發沉靜氛圍的阿爾蜜塔學姊，今天不知為何表情有一點有趣。她手腳僵硬地把紅茶端到桌上，男人簡短道謝後，拿起杯子一口氣喝光。

牛奶和砂糖都沒有放。這就是所謂的大人。真帥。

「我可沒聽說今天連你也會來耶。」

妮戈蘭抱怨道，口吻像是在撒嬌，感覺很不可思議。

「你能在這裡待多久？」

「……呃，這不重要吧。比起這個……」

男人環顧四周。

一瞬間，她感覺他和門後的自己對上了視線，不由得震顫了一下。

「話說，之前的小不點們過得好嗎？」

「現在這樣哪搞得清楚你指的是哪些孩子。雖然我知道就是了。」

妮戈蘭輕聲一笑。

「潘麗寶和可蓉一樣是隨軍人員，配合今天休假，馬上就會回來。至於緹亞忒……她一直待在『繼承者』們那邊，之前曾聯絡說暫時回不來。」

「所以都過得不錯，那真是太好了。」

對話的內容開始變難，莉艾兒聽不太懂。

不過，他們兩人看起來都很高興，也露出懷念的表情，所以一定是好事吧。她認為是非常好的事。

「所以，那個，你那邊怎麼樣？」

「嗯？」

「那孩子……沒事吧？」

「喔，這麼說來，我們在來的路上走散了。不過應該是不用擔心啦——」

咚咚。

某人的指尖輕輕敲了敲莉艾兒的背。

「呀啊！」

全力隱匿氣息之際遭到了偷襲。

莉艾兒忍不住尖叫起來，整個人往門上一靠。當然，半掩的門就這樣敞開了，她滾進屋內，臉埋進了絨毛很長的地毯裡。

「躲在門後的小小間諜。這裡還真是都沒有變啊。」

她看見男人壞心眼地咯咯笑著。

「誰、誰啊！」

莉艾兒連忙回頭。會做這種惡作劇的，應該是妲潔卡學姊或迦娜學姊吧。依爾絲托德學姊或薇蕾米亞學姊也有可能。

然而，不是以上這些人。

那是一張陌生的面孔。

無徵種女孩，年齡——和依爾絲托德學姊她們差不多，大概十三、十四歲。她的頭髮是褪色的灰色，一邊眼睛藏在眼罩下，另一邊則是木炭般的顏色。

儘管看起來像妖精，但莉艾兒不認識這樣的同族。

她覺得自己應該不認識。

「對不起，嚇到妳了嗎？」

那個人用淡然的嗓音說著，伸手把莉艾兒拉了起來，然後不發一語地向前窺視莉艾兒的眼瞳深處。

「怎、怎麼了？」

「妳是……」

她微微啟唇，像是想問什麼似的。

但又立刻閉上。

「不，沒事。好乖、好乖。」

對方不知為何撫摸著莉艾兒的頭。

她完全搞不清楚這是什麼情況。

「奈芙蓮。」

妮戈蘭的聲音宛如呢喃自語，不像是對著任何人說；而那個長得像灰色妖精的人聽到後，收回了放在莉艾兒頭上的手。

「好久不見，妮戈蘭。」

莉艾兒發現妮戈蘭看到那個人後，臉上綻放出無限喜悅。

緊接著——

「對不起，今天帶來了一個壞消息。」

那個灰色妖精（推測）以淡然的嗓音說道：

「以大賢者史旺·坎德爾的代理人菈恩托露可·伊茲莉·希斯特里亞，以及地神紅湖伯的代理人奈芙蓮的名義，要求奧爾蘭多商會第四倉庫提供『鏃』。」

好沉重。莉艾兒無法理解的沉默蔓延開來。

稍作停頓後。

「對不起。」

灰髮人只是再次重複這句話。

後記／後續還有多長——

原本就是建立於薄冰上的世界，然後在不知不覺中連那層薄冰也破裂了。沒人意識到這點，全都踩著代替薄冰的某種東西活在這世上。一切已然走到盡頭之時，末日的腳步再次逼近。曾經夢想的未來如今只剩現在。無法實現夢想的更遙遠的明天，已經迫在眉睫。

在此獻上這種風格的《末日時在做什麼？能不能再見一面？》第八集。還沒看過正文的人，我要照慣例爆一個殺傷力應該很高的雷。集合日當天，緹亞忒沒能回到妖精倉庫。

話說，這次後記只有一頁，沒辦法作太多宣傳。這邊就告訴大家一件事，好評發售中的《末日時在做什麼？異傳　黎拉．亞斯普萊》似乎可以推出續集了，還請多多支持。

那麼，但願我們能再次在這片想必已經放晴的曾幾何時的天空下相見。

二〇一九年　夏

枯野瑛

Kadokawa Light Novels

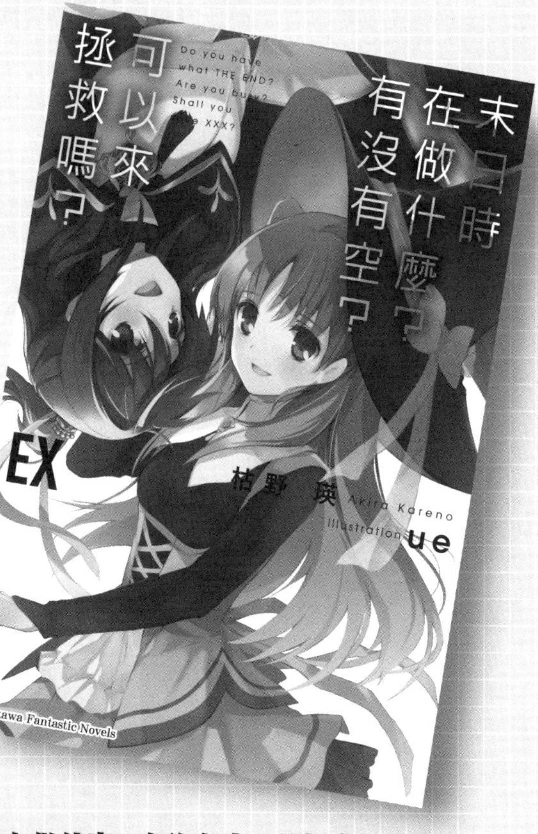

末日時在做什麼？有沒有空？可以來拯救嗎？EX

作者：枯野 瑛　插畫：ue

《末日時在做什麼？》第一部的外傳故事登場。

妖精菈琪旭捧著《聖劍》瑟尼歐里斯陷入遐想——正規勇者黎拉、準勇者威廉平日的生活既荒唐又多采多姿；那是稍早前發生的事。註定赴死的成體妖精兵珂朵莉，以及二等咒器技官威廉。受思慕的每一分每一秒，都將成為他們倆難以忘懷的夢。

臺灣角川

NT$210/HK$65

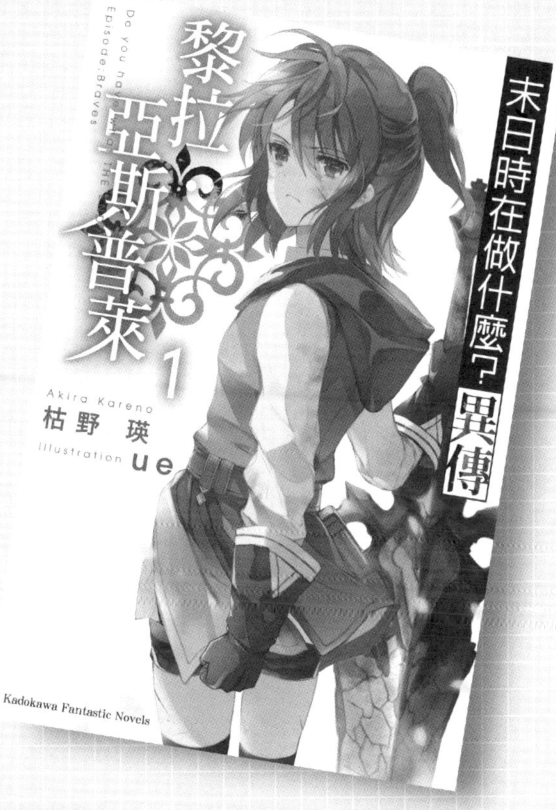

末日時在做什麼？異傳 黎拉・亞斯普萊 1 待續

作者：枯野 瑛　插畫：ue

《末日時在做什麼？》系列衍生作！
在終將滅亡的大地上，勇者與人們活在當下的故事！

黎拉・亞斯普萊——獲得極位聖劍瑟尼歐里斯認可資格的少女正規勇者。「我說你這個人啊，真的活得很遜耶。」黎拉背負著守護人類的使命，對不放棄與自己並肩而立的師兄懷抱著複雜感情，同時在怪物橫行的地表過著驚險與悲憐交織的每一天。

NT$200/HK$67

國家圖書館出版品預行編目資料

末日時在做什麼？能不能再見一面？/ 枯野瑛作；Linca 譯. -- 初版. -- 臺北市：臺灣角川, 2020.12-
冊；　公分. -- (Kadokawa fantastic novels)

譯自：終末なにしてますか？もう一度だけ、会えますか？
ISBN 978-986-524-125-4(第 8 冊：平裝)

861.57　　100016573

Kadokawa
Fantastic
Novels

末日時在做什麼？能不能再見一面？ 8

（原著名：終末なにしてますか？もう一度だけ、会えますか？#08）

2020年12月17日　初版第1刷發行
2024年5月30日　初版第4刷發行

作　者：枯野瑛
插　畫：ue
譯　者：Linca

發 行 人：台灣角川股份有限公司
總 監：呂慧君
總 編 輯：蔡佩芬
主　編：林秀儒
編　輯：彭曉凡
設計指導：陳晞叡
美術設計：李思穎
印　務：李明修（主任）、張加恩（主任）、張凱棋、潘尚琪

發 行 所：台灣角川股份有限公司
地　址：104台北市中山區松江路223號3樓
電　話：（02）2515-3000
傳　真：（02）2515-0033
網　址：www.kadokawa.com.tw
劃撥帳戶：台灣角川股份有限公司
劃撥帳號：19487412
法律顧問：有澤法律事務所
製　版：巨茂科技印刷有限公司
ISBN：978-986-524-125-4